A TRANSILVÂNIA É O CATETE

Ricardo Hofstetter

A TRANSILVÂNIA É O CATETE

1ª Edição
POD

Petrópolis
KBR
2011

Edição e revisão **KBR**
Editoração **APED**
Capa **Bia Penteado**

Copyright © 2011 *Ricardo Hofstetter*
Todos os direitos reservados ao autor

ISBN: 978-85-64046-56-6

KBR Editora Digital Ltda.
www.kbrdigital.com.br
atendimento@kbrdigital.com.br
24 2222.3491

B869 – Literatura brasileira

Ricardo Hofstetter é escritor e roteirista de teatro, cinema e televisão. Trabalhou como autor e supervisor de texto no seriado Malhação, da TV Globo. Tem três romances publicados entre eles — *A verdadeira história de Bimba, o bambambã do colégio*, pela Rocco, que foi finalista do Prêmio Jabuti — e participou de várias antologias de contos. "A Transilvânia é o Catete" é seu quarto romance, o primeiro em edição digital.

E-mail do autor: contato@hofstetter.com.br
Website: http://www.hofstetter.com.br/

Agradecimentos

Bia Penteado
Silvia Soter
Cristiana Lara Resende
Deise Calaça
Lionel Fischer

A todos os bêbados,
fodidos, imprestáveis, frustrados e inúteis cidadãos
da cidade do Rio de Janeiro.
Especialmente os que moram no bairro do Catete.
E aos Beatles, quando eram Beatles.

A Transilvânia é o Catete

*"Todas as famílias felizes se parecem entre si; as infelizes
são infelizes cada uma à sua maneira".*

Tolstoi inicia seu romance Ana Karenina com esta frase. Não
gosto de russos. Nem de americanos. Para ser sincero, não
gosto de franceses, ingleses, turcos, argentinos... nem mesmo de
brasileiros. A verdade é que gosto de muito pouca gente nos dias
de hoje. Pensando bem e vasculhando meu curtíssimo círculo de
conhecidos, percebo que não gosto de ninguém. Nem do veado
do Roberto, meu único amigo, posso dizer que gosto de verdade.
Acho que apenas o tolero. Talvez porque ele seja um dos últimos
a me tolerar também. Sou um sujeito desagradável. E não faço esforço algum para ser diferente. Se tenho motivos para isso? Muitos. E mesmo que não tivesse, inventaria. Esse mundo fodido em
que vivemos já é motivo suficiente para justificar o mau humor
de quantos sejam.

Voltando ao Tolstoi, discordo de sua frase. Não são as famílias, mas as vidas felizes que se parecem entre si; as infelizes é
que são infelizes cada qual à sua maneira. Vivo uma vida infeliz
e não há nada de mais nisso. Minha vida amarga é apenas mais
uma no meio dos tantos infortúnios dos quais esse mundo fodido
é feito. Nesse mundo torto, ser infeliz é a regra, a normalidade; a
felicidade é que é uma aberração, aborrecida e par. A infelicidade
não, é admirável e ímpar. Cada qual à sua maneira.

* * *

Nicole levantou a saia e mostrou alguma coisa a Sheila. Era uma terça-feira de chuva, quase uma da manhã. O bar do Cabral estava a meia bomba, com poucos clientes e os bêbados e as putas de sempre. Só eu reparei no gesto discreto de Nicole. É a minha cara isso. Sempre presto atenção naquilo por que ninguém se interessa. Definitivamente sou um sujeito torto. Depois de mostrar a Sheila o que queria, Nicole levantou os olhos na minha direção, deu um sorriso safado e cobriu as coxas com falso pudor. Tive que me controlar para não ir até sua mesa e agarrá-la. Nicole tem coxas esplendorosas.

A mulher que eu tentava levar para a cama voltou do banheiro reclamando da sujeira. Eu disse que o Cabral era um babaca que não se preocupava com nada além dos trocados que ganhava dia após dia naquela merda de bar. Clara reclamou do meu jeito de falar:

— Odeio gente que fala palavrão.

Disse para eu me cuidar: de cada três palavras que dizia, uma era palavrão.

Tive vontade de mandar Clara tomar no cu. Detesto essa gente idiota que dá uma importância fodida a coisas sem importância alguma. Uma montanha de crianças está largada pelas ruas, a bandidagem come solta, estamos destruindo o planeta e os babacas ficam ofendidos porque um repórter de merda como eu fala um palavrão a cada três palavras.

Ia mandar Clara tomar no cu, mas lembrei que não trepava há mais de uma semana e aquela chata parecia ser o diabo na cama. Disse que por ela ia me controlar e não falei mais uma porra de um palavrão a noite toda.

Não adiantou. A vaca não quis ir para a cama comigo. Ficamos num mela-cueca dentro do meu carro até que ela disse que estava tarde, tinha que acordar cedo no dia seguinte, mas que tinha sido ótimo conversar comigo. Saiu do carro e bateu a porta.

Não sei se foi a falta de sangue no cérebro ou o excesso de cerveja ingerida no bar do Cabral, mas só consegui dizer algu-

A Transilvânia é o Catete

ma coisa quando meu pau amoleceu e Clara já me mandava um tchauzinho ridículo da portaria do prédio:

— Piranha filha da puta!

Fui para casa inconformado. Me masturbei pela terceira vez naquela semana.

* * *

Queria que me entendessem. Não é que eu seja grosso. Tive até uma educação muito boa, estudei em colégio de padre, daqueles bons, com um monte de riquinhos que hoje são todos muito bem sucedidos. Meu nome é Marcos Sacramento e meu problema é que perdi a paciência com a vida. É tudo tão errado que acho erro maior se preocupar com futilidades. Aí desando a falar palavrão, sou grosso com as mulheres, escrevo frases com pronomes oblíquos no início e falo essas coisas que chocam as pessoas. Sei que estou errado, mas não consigo agir diferente. É mais forte do que eu.

Acho que é por isso que sou um fracassado, um *looser*, como os babacas dos americanos dizem. Um repórter bom pra caralho, muito melhor que todos os chefes que já tive na vida, mas que não consegue entrar no esquema: puxar um saquinho ali, comer uma bundinha lá, dar para alguém aqui, uma mão lava a outra, e záz, lá vem a promoção.

O Roberto diz que é desculpa minha. Estou fodido porque não sou profissional, não invisto na minha carreira. E cita seu exemplo: nunca bajulou, nunca comeu nem deu a bunda para ninguém e está aí, editor do caderno de cultura de seu jornal. Não sei se acredito nele. Acho que deveria. O Roberto é a única pessoa que eu ainda escuto. Mas duvido que ele não tenha dado aquela bundinha para ganhar o cargo de editor. Ele é meio esquisito. Acho que é gay e não sabe. É casado, a mulher dele é bem interessante, e tem uma filha de três anos. Mas isso não quer dizer nada. Está cheio de veado por aí com mulher e filho.

O Roberto é o único cara com quem ainda consigo conversar sem me aborrecer. Às vezes até rio com ele. Ou dele. O filho da puta é bom, tem um texto ágil, direto, com ritmo, sabe usar uma vírgula como ninguém, o veado. Claro que em textos jornalísticos não dá para brincar com essas coisas. Mas tem uns contos dele, com umas frases de ritmos quebrados lapidares. Ele põe vírgulas em lugares que nenhum outro filho da puta de escritor iria imaginar de colocar. Dá certo. Cria um ritmo diferente, torto, como um blues do Robert Johnson. Já fiz testes: peguei suas frases e tirei as vírgulas. Viraram frases banais, que poderiam ter sido escritas por qualquer estudante de oficina literária. Mas com as vírgulas! Uma coisa de louco. Por isso desconfio do Roberto: um sujeito que domina a vírgula dessa maneira só pode ser homossexual.

* * *

O meu problema com a Nicole é o seguinte: uma noite, no bar do Cabral, comentei, orgulhoso e bêbado, que nunca tinha trepado com uma puta. Quer dizer, que nunca tinha pago para trepar, pois quem é que pode garantir que a mulher que foi para a cama com você não é puta? Pois bem, desde esse dia minha vida virou um inferno porque Nicole cismou de tirar minha virgindade... como posso dizer?... mundana. Ela agora vive me tentando com descontos ofensivos e ofertas ridículas. Chegou a me oferecer sexo pela metade do preço, a filha da puta. Uma barganha, afinal, seu preço não deve passar de cinquenta reais. Não topei porque acho sua atitude uma babaquice, mesquinharia pura. Tudo o que ela quer é me igualar ao resto dos homens. E eu não sei se vale a pena me rebaixar dessa maneira.

O problema é que tenho o maior tesão nela. Nicole tem coxas fenomenais. Tenho fraco por coxas bem torneadas. Não dessas musculosas, exageradas, mas daquelas bem desenhadas, discretas, onde os músculos apenas se insinuam. Desde esse dia vivo em conflito: devo ou não fazer a transação com Nicole e perder minha virgindade mundana?

Podem achar o dilema ridículo. Especialmente para quem acabou de dizer que não liga para futilidades. Mas ponham-se no meu lugar: dizer que nunca pagou para trepar tem seu charme, confere uma certa superioridade sobre todos os outros homens que já pagaram por sexo. Acho que causa um efeito interessante nas mulheres, apesar de não me lembrar de já ter levado uma delas para a cama com esse papo.

Quem me ouve falando pode até pensar que tenho todas as mulheres que quero. Não, não tenho. A Clara, por exemplo: não consigo levar aquela vadia para a cama. Mas também não sou um zero à esquerda. Tive meus momentos, como todo mundo. Talvez o fato de nunca ter pago por sexo é que me diferencie do resto dos homens. Gosto de me sentir especial e acho que minha virgindade mundana me confere uma certa originalidade. Se aceitar a oferta da Nicole, vou chafurdar na lama da mediocridade masculina. Não sei se quero isso.

Por outro lado, sei que essa história não passa de uma grande babaquice, daquelas que eu mesmo abomino, mas, fazer o quê? Tenho meus defeitos, mesmo nunca tendo pago por sexo.

O Roberto, que de vez em quando tira o dia para me sacanear, me sugere contratar Nicole apenas para um boquete:

— Ninguém paga boquete melhor que uma puta — vive dizendo.

Eu sempre dou a mesma resposta mal-educada:

— Não fode, Roberto!

Boquete, trepada, é tudo a mesma coisa. Se pagar por um boquete, perderei, igualmente, minha virgindade mundana. E o que me seduz em Nicole é a possibilidade de penetrar suas coxas. As estonteantes coxas de Nicole. O boquete dela não me interessa em nada.

* * *

Ando bebendo muito. Nos últimos tempos, ou estou bêbado ou de ressaca. Além disso, tenho fígado fraco. Esse, me parece, é um dos poucos casos em que a debilidade é uma virtude. Não fosse meu fígado frágil e as ressacas fenomenais que me acarreta, já teria virado alcoólatra. Um brinde ao meu fígado!

Gosto de vodca, mas as marcas boas são caras. Como estou duro (há muito tempo), só tenho bebido cerveja. Quando quero ficar bêbado rapidamente, misturo com uma vodca vagabunda. É uma onda gostosa. Por um tempo esqueço esse mundo fodido. Mas depois vem a ressaca, a dor de cabeça e a vontade de vomitar. Acho que os padres do colégio onde estudei tinham razão: nenhum pecado fica sem punição nesse mundo. E a ressaca é a punição do álcool.

O álcool também pune o sexo. Outro dia mesmo broxei com uma mulher. Já tinha tomado cinco cervejas e quatro doses de uma vodca vagabunda e a imbecil cismou que tínhamos que transar com proteção. Sou contra camisinha. Se um sujeito não é capaz de selecionar bem seus parceiros, tem mais é que se foder mesmo. Gosto dessa roleta russa sexual. Saber que uma escolha errada pode ser minha sentença de morte me excita. Espero um dia morrer assim, vítima de uma escolha infeliz. Me recusei a usar camisinha. Se era ela quem estava com medo, que usasse camisinha feminina. Mas a idiota nem sabia que isso existia e me pagou uma decisão:

— Sem camisinha não transo.

Como estava sem trepar há duas semanas, concordei. Mas a combinação porre mais camisinha foi fatal. Até a entrada do maldito invólucro plástico em cena estava indo tudo bem. Mas depois que vesti a maldita, não houve jeito, a força da gravidade se manifestou.

A mulher, cujo nome não lembro, ficou irritada:

— Não sei pra que vocês homens bebem. Só pra deixar a gente na mão.

Era uma mulher estranha. Culpava os homens por tudo que de ruim lhe acontecia na vida. Contei a história ao Roberto e o veado veio com suas interpretações psico-filosóficas de botequim:

— Parece você e sua relação com o jornalismo.

Mandei o Roberto tomar no cu. No final das contas, foi bom broxar com aquela idiota. Era uma mulher desagradável. E com esse tipo de gente, a melhor coisa a se fazer é manter distância.

Falo como se eu fosse o mais agradável dos homens. Sei que não. Sou tão desagradável quanto aquela vaca. E, nos últimos tempos, é só isso o que quero: ser desagradável. Essa é uma das poucas atividades, talvez a única, onde venho obtendo sucesso na vida. O álcool só não consegue atrapalhar o meu trabalho. Um mistério que não consigo explicar. Quando sento para escrever (a coisa que mais amo na vida) tudo passa: o mau humor, os porres, as ressacas. Não sei o que acontece, que milagre é esse. Acho que me concentro tanto que o esforço supremo desgasta a bebedeira, cura a ressaca e me traz um pouco de humor. Fico excitado quando ponho o ponto final num bom texto. No jornalismo de hoje ninguém escreve tão bem quanto eu. Esses jornalistas babacas que andam por aí não têm um décimo da intimidade que tenho com as palavras. Nem o Roberto e seu espetacular domínio sobre as vírgulas. Meu texto é simples e coloquial, qualquer animal entende. Ao mesmo tempo é rico, sofisticado, com um ritmo raro. Drummond já dizia que o mais difícil é ser simples. Para complicar basta um pouco de erudição; para alcançar a simplicidade é necessário arte. Muita arte.

Então por que não sou um bem-sucedido jornalista? Já expliquei os motivos, não vou me repetir. Mas além daqueles, existe um outro, de capital importância: é preciso talento para reconhecer o talento. E eu vivo cercado de incompetentes.

O ofício de escrever, parece, é a única coisa que ainda conservo pura e saudável em minha vida. O resto, está tudo podre.

* * *

Meu chefe voltou a implicar comigo. Na hora do almoço, liguei para o Roberto:

— Preciso conversar ou vou mandar aquele corno pra puta que o pariu.

Roberto disse que estava vindo. Na hora marcada, entrou no bar do Cabral. Essa é outra coisa que me irrita no Roberto: o veado nunca chega atrasado. Não sei como consegue. Mais um motivo para desconfiar da sua masculinidade. Pedimos o prato do dia e ele reclamou que a comida estava gordurosa. Depois que virou editor e começou a ganhar mais, o Roberto deu de reclamar do baixo nível do bar do Cabral. Mas em que restaurante da cidade se pode comer aquele pratão por menos de dez pratas? Pedimos uma cerveja e ele, meio de saco cheio, perguntou qual era o problema com meu chefe dessa vez.

— Sabe o que ele me pediu? Pra botar mais emoção nas minhas matérias! Tá achando tudo frio demais! Desde quando texto jornalístico tem que ter emoção? Emoção é uma coisa subjetiva e tudo que um texto jornalístico pede é objetividade, isenção. Mas até aí, tudo bem, ele é o editor, pode pedir o que quiser (eu sabia que o veado do Roberto viria com essa frase, por isso me adiantei). O problema é que o babaca só queria me sacanear: há dois meses reclamou que meus textos estavam subjetivos, pouco jornalísticos e com emoção demais.

— Prejudica a imparcialidade jornalística — disse, com aquele ar de cagarregra de bandejão de faculdade, como se eu precisasse dele para saber disso.

Roberto riu e disse a frase de sempre:

— Qual o problema de fazer o que ele está pedindo? O cara é o teu chefe. Pode pedir o que quiser.

Mandei o Roberto tomar no cu. O veado sabia muito bem que eu morria de ódio de ter que receber ordens do incompetente do Odilon. Mas continuou a encher meu saco:

— Por que você não faz o que ele quer, mostra um bom serviço e, quem sabe, no futuro, pode ser promovido? Aí não vai mais ser obrigado a receber ordens de um incompetente.

Mandei o Roberto tomar no cu novamente e sugeri que mudássemos de assunto. O cara tinha o dom de me irritar quando queria. Ali, tive certeza: o Roberto é veado!

* * *

Nosso cérebro é uma coisa do cacete. Todo mundo já leu alguma matéria sobre o poder da mente e que se a usássemos em sua plenitude poderíamos fazer coisas inimagináveis. Tem gente que acha que se pode até curar um câncer só com a força do pensamento. Não sei se chega a tanto, mas que nossa mente é espantosa, isso é. A ejaculação noturna, por exemplo: é fenomenal. O sujeito fica um tempo sem trepar e o esperma começa a se acumular no escroto. Como não pode ficar ali por muito tempo, é preciso botar para fora aquela porra (literalmente). Mas como, se o fracassado não consegue comer ninguém? Aí entra a força da mente. De noite, quando o incompetente está dormindo, o cérebro começa a trabalhar. Passa um filminho na cabeça do otário, fingindo que ele está comendo aquela mulher maravilhosa que ele sempre quis comer e pimba: ejaculação. A mente do cara arranjou um jeito de fazer o que o incompetente não consegue e problema resolvido.

Lembrei disso porque tive uma ejaculação noturna. Acho uma merda. Você acorda todo melado, tem que se levantar no meio da noite para trocar a cueca, se lavar... Um saco! Mas tenho que reconhecer: nosso cérebro faz o que quer conosco. E adivinha quem era a mulher que eu comia na sessão de cinema que meu cérebro me ofereceu naquela noite? Claro, a puta da Nicole e suas coxas hipnóticas.

Mas eu sei o porquê do sonho naquela noite: na hora do almoço, quase não resisti. Eu estava há cinco dias sem trepar e, não sei por quê, com preguiça de me masturbar. Chovia lá fora do bar do Cabral. Nicole entrou com Sheila e dei graças a Deus por ela estar vestindo uma capa de chuva que ia até os tornozelos. Mas a filha da puta resolveu tirar a capa bem na minha frente, só para me provocar. E por baixo ela vestia uma minissaia. Uma minissaia perfeita, exata, nem curta de menos, nem comprida de mais, o tamanho justo e preciso que suas coxas estonteantes exigiam.

Fiquei louco de tesão. Nicole percebeu e veio me tentar, dizendo que se eu topasse me daria um desconto de sessenta por cento. Tentei fazer as contas para descobrir por quanto sairia a trepada, mas era uma conta complicada de se fazer de cabeça.

Ainda mais naquele estado. Às vezes penso que tenho hiperfalite crônica. São aqueles sujeitos que têm pau muito grande e, quando ficam excitados, a quantidade de sangue desviada para a área genital é tão volumosa que acaba faltando sangue no cérebro e o cara desmaia. Claro que não chego a ponto de desmaiar. Mas confesso que sinto uma dificuldade enorme de pensar quando estou de pau duro. A sorte é que o Cabral chegou com minha cerveja e Nicole disfarçou. Consegui raciocinar novamente e imaginei o preço da trepada com sessenta por cento de desconto. Uma mixaria. Quase o preço daquele almoço. Mas, com o pau já voltando ao normal, consegui forças para recusar. Nicole riu um sorriso lindo e foi sentar em outra mesa com Sheila.

Acho que resisto às ofertas de Nicole porque espero que um dia ela tope ir para a cama comigo de graça. Aí poderei realizar meu desejo de penetrar aquelas coxas deslumbrantes sem perder minha virgindade mundana. Mas alguma coisa me diz que Nicole nunca me dará o desconto total. Ela pode chegar a me cobrar apenas um real, cinquenta centavos, uma moedinha de vinte e cinco. Mas de graça nunca fará. A filha da puta!

Mas eu estava falando sobre nossa mente. Ao mesmo tempo que faz coisas maravilhosas, como a sessão pornô que me ofereceu naquela noite, também nos leva a fazer merdas inacreditáveis. Por causa de Nicole voltei para a redação num mau humor fodido. Odilon veio encher meu saco sobre uma matéria e minha mente maravilhosa fez das suas: mandei o babaca tomar no cu.

Ele ficou fulo, disse que só não me mandava embora porque sabia que eu era um fodido que não tinha onde cair morto. Aquilo me irritou ainda mais e mandei o idiota tomar no cu três vezes seguidas, pedindo para que me despedisse. Ele disse que ia fazer melhor: ia me mandar para a área policial do jornal.

* * *

Houve época em que ser repórter policial no meu jornal tinha *status*. Hoje, só os incompetentes e os que arrumaram merda trabalham lá. Não sei por que motivo, afinal, crime sempre vendeu jornal. Mas a verdade é que a seção foi esvaziada e, sem verbas, se transformou num castigo: fez besteira vai para a geladeira, o gelo glacial da seção policial.

Em minha nova velha mesa, xinguei muito o filho da puta do Odilon. Mas, diziam os padres do meu colégio, Deus escreve certo por linhas tortas. Ir para a seção policial do jornal foi a melhor coisa que podia ter acontecido comigo.

Claro que no início achei uma merda. As pessoas no corredor me olhavam como se eu fosse o mais desprezível de todos os seres humanos:

— Lá vai o cara que foi rebaixado pra seção policial.

— Coitado...

Era assim mesmo que eu me sentia: um coitado. Depois de meu primeiro dia de trabalho na nova seção, fui para o bar do Cabral e tomei sete cervejas entremeadas por cinco doses da vodca mais vagabunda que o Cabral já comprara. E tenho certeza de que ele comprou aquela marca pensando em mim, o filho da puta.

Por volta da meia-noite, como um Thelonius Monk devastado pelo álcool, passei a estudar aquele lugar fodido. O bar do Cabral é deprimente. Mesas e cadeiras são construídas com uma madeira velha e vagabunda, a maioria remendada de maneira tosca. Não há uma só mesa que não seja manca. Acho que até o chão é desnivelado. Mas pode ser o álcool o responsável pela sensação de desnivelamento. Até as toalhas limpas são sujas. Não a sujeira óbvia e banal, mas uma sujeira ancestral, atávica, lusa, como o Cabral, um português anacrônico que até hoje atende seus fregueses em tamancos de madeira e usa serragem para limpar o chão de ladrilhos gastos e vermelhos.

No verão faz um calor insuportável, no inverno um frio glacial. Não há época boa no ano para frequentar aquele lugar. É um bar infrequentável. E eu vou lá todo dia e toda noite.

Saturado pelo álcool e o ambiente, paguei a conta e, cambaleante, consegui chegar em casa. Estudei meu apartamento e vi que não era muito diferente do bar do Cabral. A verdade é que minha vida é um enorme bar do Cabral: suja, encardida, gasta e anacrônica. E agora eu estava trabalhando na seção policial, o pior antro do meu jornal. Literalmente o fundo do poço.

No dia seguinte, numa ressaca fenomenal, liguei para o Roberto e contei o que tinha acontecido. Marcamos novo almoço no bar do Cabral (não há jeito, sempre volto, é mais forte do que eu, aquele lugar me atrai; acho que fomos feitos um para o outro). Roberto chegou pontualmente como sempre e me passou uma descompostura. Disse que o Odilon teve toda razão:

— E o cara ainda foi legal de não te mandar embora. Outro filho da puta não teria refrescado.

Eu disse que preferia a demissão. Seria mais honroso. Mas o veado me veio com a realidade:

— E vai viver de quê? Como é que vai pagar o aluguel? As contas?

Para o Roberto, aquele rebaixamento tinha vindo em ótima hora. Era a minha chance de mudar de vida, longe do babaca do Odilon que eu odiava. Retruquei que outro chefe babaca já estava me enchendo na nova seção e os problemas iriam se repetir. Roberto pareceu se irritar e disse que eu não era mais criança:

— Você tem trinta e oito anos, cara! Até quando vai manter essa postura profissional infantil? Até quando vai desperdiçar teu tempo com os porres e as mulheres aqui do bar do Cabral? Até quando vai usar a grosseria pra suportar a frustração de não conseguir nada na vida?

Não gostei do tom do Roberto. Parecia de saco cheio de mim. Mandei o veado tomar no cu e fui embora. Fiquei bom tempo sem procurá-lo.

* * *

Leandro, meu novo chefe, me encarregou de uma matéria inusitada. Um filho da puta andava matando gente, a maioria mulheres, há quase dois meses e a polícia não conseguia pegá-lo. Havia um clima de terror no ar, pois o cara se dizia descendente do conde Drácula. Todas as suas vítimas tinham o pescoço partido, marcas de dente na jugular e pouca quantidade de sangue no corpo. E na cena do crime estava sempre escrito com sangue a palavra "Vlad".

O bochicho sobre o idiota estava crescendo na mídia e no interesse do público. Todos estavam curiosos para saber quem era o animal e se de fato era vampiro.

— Eu acho que essa história dá gancho. Você topa dar uma de repórter investigativo e descobrir a verdade? O Barbosa — o todo-poderoso do jornal — está querendo voltar a investir na seção policial. Se fizermos uma boa matéria, estamos feitos.

Achei uma babaquice. Nunca gostei dessas histórias. Tanto tema bom na realidade e os caras cismam de fazer ficção sobrenatural. Esse mundo fodido em que vivemos já é sobrenatural o suficiente, para que escrever sobre coisas que não existem? Num país desenvolvido, onde tudo funciona, as pessoas moram bem, têm educação, saúde, segurança, tudo bem. Mas história de Drácula num país fodido como o nosso não dá para aturar. Aquilo era ridículo e eu não podia aceitar uma babaquice daquelas.

Mas depois pensei: minha vida estava uma merda. Tinha acabado de ser rebaixado no jornal, andava estremecido com o Roberto, meu único amigo, não tinha namorada, mulher, família, vivia duro, não conseguia levar a vaca da Clara para a cama... por que não experimentar uma coisa nova? Como repórter investigativo eu viveria na rua, correndo atrás de informações, não precisaria ir para o jornal todo dia, com horário e aquela aporrinhação toda. Sem falar que não deixava de ser interessante brincar de detetive e tentar desvendar um mistério.

Um mistério babaca. Sempre que pensava em Vlad não conseguia evitar o riso, lembrando de um personagem de um programa de humor na TV, um ridículo vampiro que, incompetente e brasileiro, nunca conseguia beber o sangue de ninguém. Mas conforme fui lendo sobre os assassinatos, a comédia perdeu a graça. O imbecil já tinha matado sete pessoas, cinco delas mulheres. Havia de tudo entre as vítimas: uma puta, o dono de uma casa lotérica no Centro, três vendedoras de loja, um português, dono de uma padaria furreca na Lapa, e uma operadora de telemarketing (eu mesmo já tive vontade de matar várias delas). Sua área de ação era o Centro, Catete, Glória e Lapa, o que me fez pensar que ele deveria morar pelas imediações. Bandido brasileiro é preguiçoso, o tal de Vlad não viria de longe para cometer seus crimes. Só espero que não more no Catete. Odeio aquele bairro. Aceitei a proposta de Leandro.

* * *

Depois de muito papo e muita masturbação em casa, consegui levar Clara para a cama. Um fiasco.

Primeiro que ela ficou o tempo todo tentando esconder seu corpo. Porra, todo mundo sabe que metade do sexo se faz com os olhos. Mesmo que o corpo do outro não seja colossal, você tem curiosidade de olhar, saber onde vai se meter, ver as curvas, o desenho do púbis, o capôzinho de Fusca, o tamanho dos bicos dos seios, a curva da bunda... Mas a idiota da Clara não sabe disso. É uma vaca.

Enquanto a luz estava acesa, colocou toda sorte de panos no caminho dos meus olhos. E assim que ficamos totalmente nus apagou a luz do abajur. Trepar no breu total é uma merda. Parece que a gente não está trepando, estamos apenas nos masturbando, só que com o corpo invisível de uma mulher. Por pouco não broxei.

Para manter o pau duro tive que usar meu ritmo mais acelerado. Quase tive um ataque cardíaco, pois meu preparo físico não anda lá essas coisas. Fiquei tão ofegante que Clara se assustou, perguntou se eu estava bem e acendeu a luz do abajur. Finalmente pude ver seu corpo: Clara tinha coxas ridículas.

Três semanas! Três semanas para convencer aquela vadia a ir para a cama e ela me apresenta aquilo de coxas?! Pelo amor de Deus! Vai dar uma malhada, fazer uns *leg-press*, uma cadeira extensora. E cá entre nós: regatear sexo durante três semanas para apresentar aquilo de coxas! Francamente! Com aquele ridículo par de pernas, Clara tinha que dar na primeira noite, na primeira proposta. Só mulheres com coxas fantásticas têm o direito de regatear sexo.

Naquele dia, no bar do Cabral, devia ter mandado Clara tomar no cu.

* * *

Não entendo nada de investigações policiais. Leandro também não me deu nenhuma orientação sobre como agir no caso Vlad. Apenas disse:

— Nada de enrolar. Você tem um mês pra me trazer alguma coisa, mas alguma coisa grande, que dê manchete de primeira página. Se conseguir, estamos feitos.

Fiquei puto. Eu fazia o serviço todo sozinho e ele levava fama junto?! Já ia mandá-lo tomar no cu, mas lembrei que não havia nenhuma outra editoria abaixo da minha. Deixei o orgulho de lado e liguei para o Roberto.

Ao meio-dia e meia, pontualmente, o veado entrou no bar do Cabral. Conversamos muito e ele me aconselhou a entrar de corpo e alma na reportagem. Estava rolando um tititi nas redações de todos os jornais do Rio de Janeiro sobre o tal de Vlad. O assunto ia bombar e em pouco tempo seria mais comentado do que a corrupção no governo Lula, que já tinha enchido o saco de todo mundo.

— E sem essa de ficar puto com o Leandro — acrescentou — a ideia da matéria foi dele, ele tem direito a crédito, sim.

O almoço com Roberto me animou. Voltei para a redação ansioso para começar a trabalhar:

— Vlad, vou te pegar, seu filho da puta! Vou te pegar!

* * *

Clara me telefonou. Disse que estava com saudades e queria saber se não tive mais nenhuma crise de falta de ar. Eu curtia uma ressaca fodida e achei que ela estava me sacaneando. Ia mandá-la tomar no cu, mas consegui me controlar. O que se mostrou uma decisão sensata, pois Clara não estava curtindo com minha cara, estava realmente preocupada. Disse que tinha adorado nossa noite e, apesar de meu problema, queria mais.

Pensei em mandá-la malhar aquelas coxas infames por uns três meses e depois me ligar. Mas ela não entenderia e poderia se ofender. Mulheres se ofendem por qualquer babaquice. Principalmente as apaixonadas. E Clara disse que estava apaixonada por mim.

Apaixonada por mim! Como é que a vaca da Clara pode se apaixonar por mim?! O que eu fiz para que isso acontecesse?! Como é que uma mulher pode se apaixonar por um cara que praticamente tem nojo do corpo dela e está, a cada minuto, na iminência de mandá-la tomar no cu? Não entendo essas coisas.

Mas Clara disse, com todas as letras, que estava apaixonada por mim. Ainda repetiu a infâmia várias vezes. Como eu não dizia nada de volta, tomou coragem e perguntou se eu estava apaixonado por ela. A pergunta era quase uma súplica. Não respondi. Bati o telefone e fui para a cozinha em busca de uma cerveja.

Não havia nada na geladeira. Aquele vácuo gélido encontrou eco em meu estômago e lembrei que não comera nada o dia inteiro. Pensei em jantar no bar do Cabral, mas não tinha dinheiro. Acabei ficando pela cozinha, ruminando a fome, a ressaca e o mau humor em que o telefonema de Clara me deixara. Como é que de repente, saída do nada, aquela mulher de coxas ridículas vinha dizer que estava apaixonada por mim? Isso é coisa que se diga a um homem como eu? Clara só pode ser doente. Ou maluca.

Não sei se foi a ressaca, o mau humor, a fome ou a falta de dinheiro. Só sei que chorei durante meia hora diante da geladeira aberta e vazia. Clara nunca mais ligou. As lágrimas lavaram minha ressaca, a fome e o mau humor. Dormi como um anjo aquela noite.

* * *

O delegado encarregado do caso Vlad gostou de mim. Everaldo era grosso, não tinha saco para as pessoas e de cada três palavras que dizia, uma era palavrão. Simpatizei. Everaldo falava a verdade na cara de quem fosse. Acho isso uma qualidade num homem.

Mal cheguei na delegacia e ele já foi dizendo que não tinha saco para repórter de quinta categoria querendo brincar de detetive. Eu disse que também não:

— Só estou aqui porque me chamo Van Helsing e fui chamado para cravar uma estaca de madeira no coração do genérico brasileiro do Drácula.

Everaldo caiu na gargalhada. Saímos para tomar um chope e ele abriu sua alma. Era um fodido, como eu. Por causa da corrupção e do tráfico de influências na Polícia Civil, estava estacionado profissionalmente naquela porra de delegacia do bairro do Catete há anos, sem nenhuma perspectiva.

— Isso é uma merda de profissão. A gente arrisca a vida todo dia por uma mixaria de salário e ainda tem que ficar vendo esses filhos da puta corruptos se dando bem. Qualquer dia largo tudo e abro uma empresa de segurança particular. Dá muito mais dinheiro e se corre muito menos risco.

Contei que tinha sido designado pelo meu jornal para fazer uma matéria sobre Vlad. E queria descobrir quem era o filho da puta:

— Se importa se eu concorrer com você?

Everaldo disse que estava cagando:

— Se você quiser, não faço nada e deixo toda a investigação na tua mão.

Estranhei:

— Mas você não quer resolver um caso como esse? Não ganha nada com isso?

— Ganho: um aperto de mão do secretário de segurança pública. Sou escolado nessa história de investigação. A gente se mata pra resolver um caso e os méritos vão todos pro pessoal lá de cima. Além do mais, tenho cinco outros casos pra investigar. Se você resolver um deles pra mim, ganha um beijo na boca.

— O beijo na boca eu dispenso.

Rimos e esvaziamos os copos. Everaldo tinha que voltar para a delegacia.

— Mas peraí, eu não entendo nada de investigação, você não pode me dar umas dicas?

— Não.

— Não?!...

— Não tenho tempo. Se quiser, te dou o Manual do Investigador da Polícia Civil pra você ler. Mas já vou adiantando que é mal escrito pra caralho.

Aceitei a oferta do manual, mas reclamei que era pouco. O que mais ele podia me dar? Além da alma, Everaldo abriu para mim todos os arquivos da 9ª Delegacia de Polícia sobre o caso Vlad.

* * *

Descobri o paraíso das vendedoras de loja. Caiu o segundo botão da minha única camisa de sair. O primeiro a cair foi o de lá de baixo, mas este não fazia falta. Bastava colocar a camisa para dentro da calça ou simplesmente deixar assim mesmo: ninguém olha para aquela região a não ser com interesse sexual e a falta de um botão ali pode até ser um atrativo. Mas o segundo botão era bem no meio do peito. Não dava para disfarçar. Entrei num armarinho perto de casa e pedi dois botões iguais aos da camisa.

— Dois, não, me dá logo quatro, que a porra desses botões vivem caindo — reclamei, numa ressaca mal-humorada que justificava a falta de concordância da frase.

A vendedora sorriu e disse que eu tinha olhos bonitos. O elogio me fez reparar nela. Era quase linda. Uma beleza suburbana que prometia delícias ou problemas. Apostei nas delícias e a convidei para um chope depois do expediente. Lucimar topou. Depois de três chopes estávamos em minha cama fodendo. Lucimar levou apenas três chopes para aceitar minha proposta. Aquela vaca de coxas ridículas da Clara precisou de três semanas e ainda foi se apaixonar por mim. Esse mundo é muito errado mesmo.

Lucimar tinha coxas divinas. Foi através dela que descobri o paraíso das vendedoras de loja: todas têm coxas deslumbrantes, como as de Nicole. Acho que por ficarem em pé o dia todo, as coxas ganham firmeza, contorno, um desenho bonito, sei lá. Nas mais velhas também dá varizes. Mas só nas mais velhas. Lucimar tinha apenas vinte e cinco aninhos de puro vigor sexual. Recém terminara o namoro com o único homem para quem tinha dado na vida e era uma fogueira de desejos, um vulcão de coxas hipnóticas. Passei a frequentar lojas apenas para paquerar vendedoras. Nunca comprava nada, não tenho grana sobrando mesmo. Mas para pagar uns chopes sempre se dá um jeito. E vendedoras de loja adoram chope.

Elas vinham aos borbotões, mulheres lindas, com coxas quase sobrenaturais e sem as complicações das Claras da vida, que se apaixonam por você quando a recíproca não é verdadeira.

Um dia, orgulhoso, contei a Lucimar que nunca tinha pago nenhuma mulher para fazer sexo.

— E daí — ela perguntou — por acaso tá me chamando de puta?!

Eu disse que claro que não, o que queria saber é se ela não achava charmoso ir para a cama com um homem que nunca tinha pago por sexo. Lucimar disse que o que achava charmoso era um pau duro e, cheia de dengo, pediu que a comesse mais uma vez:

— Adoro o seu pau.

Pulei em cima de Lucimar em fúria, mas não consegui dar a segunda, broxei. Lucimar ficou irritada, pegou sua roupa e saiu batendo a porta. Nunca mais tive coragem de passar no armarinho. Ela também não me procurou mais.

* * *

— Não entendo por que você desperdiça seu tempo com esse tipo de gente — disse Roberto.

Eu tinha acabado de falar sobre o paraíso das vendedoras de loja e o veado me veio com a frase ofensiva, preconceituosa e desagradável. Não entendi. O babaca sempre tirou onda de moderninho-cheio-de-ideias-liberais. Que preconceito era aquele contra vendedoras de loja?!

— Deixa de babaquice, Roberto, a tua mulher já trabalhou em loja. O que é que você tem contra vendedoras?

— Nada. Só que existem "vendedoras" e "vendedoras". E a minha mulher trabalhou em loja por um tempo. Hoje é professora universitária.

Não entendi aqueles dedinhos de veado no ar, imitando aspas, na fala dele. Roberto disse que o problema eram as vendedoras de loja eternas, que nunca passariam disso, nem para gerente dariam, e que provavelmente era o tipo de mulher com quem eu devia estar perdendo meu tempo.

— Você é um cara inteligente, Marcos, tem boa formação, merece mais que isso.

Eu disse que ele estava errado. Se alguém curtia ser vendedora de loja, qual o problema? Por acaso todo mundo tem que ser mais que "vendedora de loja"? Se a mulher gosta do que faz, se está feliz assim, pode ser vendedora de loja e inteligente, pode ler, ir ao teatro, curtir arte, conseguir entabular uma conversa minimamente inteligente. E por acaso professora universitária é melhor que vendedora de loja?! Conheço um monte por aí que são umas bestas.

Com ar de homossexual enrustido, Roberto terminou o assunto:

— Você sabe do que eu tô falando. Mas se tá curtindo desperdiçar sua vida, problema seu.

São essas coisas que me deixam puto com o Roberto. Eu achando que ele ia se divertir com a história do paraíso das vendedoras de loja e suas coxas fenomenais e o babaca me joga aquele balde de água fria. Não sei, para mim ele estava com ciúmes das minhas vendedoras. A mulher dele tem coxas fraquíssimas. Veado estragaprazeres!

* * *

Comecei a ler os arquivos que Everaldo gentilmente me cedeu. Não havia pista alguma, assim como nenhuma testemunha. Entendi a gentileza do delegado. Vlad era um completo desconhecido para a polícia e eles não sabiam nem por onde começar as investigações. De meu lado, resolvi correr atrás dos amigos, parentes e conhecidos das vítimas. Era o que sugeria o mal escrito Manual do Investigador da Polícia Civil. Uma coisa me chamou a atenção na papelada: das sete vítimas de Vlad, três eram vendedoras de loja. Não sei se tinham coxas hipnóticas como as de Lucimar, mas o filho da puta tinha que ser detido ou meu paraíso sexual correria perigo. Escolhi começar as investigações por elas, afinal era o meu patrimônio a ser protegido.

* * *

É engraçada essa coisa de investigação. As reações das pessoas são as mais variadas: algumas ficam com medo e não querem falar; outras são agressivas e te tratam mal; outras adoram dar informações, parece que se sentem importantes. Foram dois dias inteiros de perguntas e visitas a pessoas estranhas, algumas tristes, outras deprimentes, um bloquinho repleto de anotações e nada de interessante coletado.

Fui para o bar do Cabral desanimado. Tinha conversado com umas trinta pessoas naqueles dias e não descobri nada. Aliás, minto. Descobri uma coisa: a vida de um repórter investigativo é dura, muito dura. E o Everaldo é um grandíssimo filho da puta.

Enquanto tomava mais uma cerveja e me perguntava se não era eu que não estava conseguindo achar uma pista no meio de todas aquelas anotações, Nicole e Sheila entraram no bar. Assim que me viu, Nicole chegou em minha mesa com um sorriso sacana no rosto:

— Você tá com sorte. Tô dando desconto hoje. Setenta por cento. Mas é só hoje! É pegar ou largar — disse ela, sorrindo com seus dentes lindos e brancos.

Meu pau se movimentou lá embaixo, mas eu não podia aturar sacanagem de puta àquela hora:

— Dá o fora, tô trabalhando.

Nicole ergueu a garrafa de cerveja cheia de ironia:

— Trabalho bom esse seu, hein!...

Me irritei e disse que estava trabalhando, sim. E esfreguei em sua cara as anotações do caso Vlad. Nicole engoliu o sorriso e ficou triste:

— Você tá trabalhando no caso Vlad?

— Tô, por quê?

— A Solange, a prostituta que foi assassinada por ele, era minha amiga.

Não acreditei. Se Nicole era amiga de Solange, eu teria que colar nela para descobrir alguma coisa. Mas tinha certeza de que, apesar da seriedade do assunto, ela ficaria tentando minha virgindade mundana o tempo todo. Ainda que sem intenção.

Mas não tinha jeito. Nicole era a primeira pessoa que me aparecia pela frente que poderia me levar a alguma pista realmente interessante de Vlad. Perguntei se ela estaria disposta a me ajudar a descobrir o cara.

— Claro que ajudo. Esse imbecil tem que pagar pelo que fez com a minha amiga — disse Nicole, com ódio.

A expressão sofrida da puta, misturada ao ódio no fundo de seus olhos, me deu a certeza de que estava no caminho certo. No caminho de Vlad.

* * *

Tive um sonho esquisito essa noite. Eu estava casado e feliz. Minha mulher, cujo rosto não conseguia identificar, parecia apaixonada por mim e a recíproca era verdadeira. Uma coisa estranha, pois as mulheres que quero não me querem; e eu odeio todas as que se apaixonam por mim. Pensei que a mulher poderia ser Clara e suas coxas ridículas. Mas não, ela tinha pernas saborosas, o sexo era incrível e eu não tinha a menor vontade de mandá-la tomar no cu. Enfim, parecia que vivíamos um verdadeiro caso de amor, o que é paradoxal para mim, pois acho que o amor não existe. Pelo menos esse amor romântico de que tanto falam. Sempre achei que ele é apenas uma bem-sucedida invenção de escritores, destinada única e exclusivamente a vender livros. Mas a invenção vingou, caiu no gosto do público, se alastrou para o teatro, o cinema, a TV e outras artes menores, ganhando ares de realidade. Hoje todos acreditam que ele existe. Mas não passa de ficção, uma ficção muito bem bolada.

Mas, voltando ao sonho, era um final de tarde, início de noite, eu e minha mulher misteriosa caminhávamos de mãos dadas até chegar numa casa branca com janelas azuis. Não entendi o que tínhamos ido fazer ali. Até que um menino de uns quatro anos saía da casa e corria todo feliz ao nosso encontro. Entendi que era uma creche e eu e a tal mulher éramos os pais do garoto: tínhamos ido buscá-lo após o trabalho. Os olhinhos de Artur (era esse o nome do menino) brilharam ao nos ver e ele começou a contar tudo o que tinha feito durante o dia. Mas sua narrativa era confusa, não dava para entender nada. Apesar disso, era uma delícia ouvi-lo. Uma conversa onde o assunto não importava, mas sim a própria conversa, apenas porque pais e filhos existem e se amam (esse amor, sim, existe).

De repente o tempo começou a passar muito rapidamente. Eu ensinava o garoto a jogar futebol e a torcer pelo Botafogo, mesmo sabendo que isso o faria sofrer um pouco na vida. Por aquele garoto eu suportava chefes idiotas, como o incompetente do Odilon, e fazia o que o Roberto vive me sugerindo: agia profissionalmente. Pelo meu filho era promovido e por ele deixava de ser um fracassado. Por ele parava de beber e escrevia cada vez melhor. E eu gostava tanto daquele garoto que era insuportável ficar me ouvindo falar dele. Eu tinha milhares de fotos dele na carteira e mostrava a quantos encontrava:

— Olha! É o meu filho. É o meu filho!

Minha misteriosa mulher olhava para mim e sorria, cúmplice. Eu retribuía o sorriso e num átimo quase percebia quem era, como aquela palavra buscada em desespero, presa na ponta da língua, sem conseguir se libertar. Fiquei tão feliz com o sonho que acordei empapado de suor, chorando feito criança.

Foi um sonho estranho, muito estranho.

* * *

Trabalhar com Nicole era um inferno. Além de morar no Catete, a putinha ficava me seduzindo o tempo todo com suas coxas hipnóticas. Duro de manter a concentração. Mas eu não podia fraquejar. Muitas coisas estavam em jogo: meu emprego no jornal, a vida de outras vendedoras de loja, minha virgindade mundana...

Para não cair em tentação, antes de encontrá-la, me masturbava. Assim, chegava amortecido sexualmente e conseguia me concentrar. Nicole, que não era burra, logo percebeu que suas provocações davam em nada e parou de me tentar. Pelo menos intencionalmente, pois, mesmo quando não queria, a filha da puta era difícil de resistir.

Ela me passou informações importantes. A primeira foi que uma ou duas semanas antes de ser assassinada, Solange tinha conhecido um cliente esquisito. Nicole não sabia o nome do sujeito porque Solange só o chamava de "o esquisitão". O cara pagava sua hora, mas só ficava abraçado com ela na cama.

— Só abraçado, sem fazer nada? — perguntei.

— Só abraçado, sem fazer nada.

— Que estranho...

Nicole também achava esquisito. Conhecia todo tipo de pervertido, gente que queria mijar, cagar, algemar, enfiar objetos nos mais variados orifícios das putas, dar porrada... Mas só ficar deitado, abraçado, sem fazer nada, era perversão demais. O pior é que Solange parecia estar gostando do cara. Chegou a dormir uma noite inteira com o esquisitão, coisa que no manual de procedimentos de prostitutas, se é que ele existe mesmo, não se deve fazer de jeito algum, sob risco de se apaixonar. E outra transgressão grave ao possível manual: nesta noite não cobrou. Definitivamente Solange estava apaixonada pelo esquisitão. Nicole nunca vira o sujeito, mas tinha certeza de que ele era o tal de Vlad. Eu quis saber por quê.

— É que ele só encontrava a Solange de noite. Nunca de dia. E sempre ia embora antes do sol nascer. Vampiro não tem medo da luz do dia?

Não consegui segurar o riso. A idiota realmente achava que Vlad era vampiro?! Mas Nicole não estava achando graça e se irritou:

— Ri, imbecil! Quando um doido desses matar um amigo seu, você vai ver como é engraçado.

Engoli o riso. Os olhos doces de Nicole se encheram d'água. Solange era uma grande amiga e ela sentia muito sua falta. Fiquei com pena e tentei consolá-la. Me aproximei para fazer não sei o quê, mas meus olhos escorregaram por suas coxas e a intenção de consolo se perdeu a meio caminho. Levantei da cama e fiquei andando em círculos, fingindo pensar no caso. Apenas um exercício físico para que meu pau relaxasse.

Não sei exatamente por quê, mas fiquei com a mesma certeza de Nicole: o esquisitão de Solange era Vlad. Se descobríssemos quem era, o caso estaria resolvido. Nicole parou de choramingar e perguntou, doce:

— Nós vamos pegar esse animal e vingar a Solange, não vamos?

Ela parecia um animalzinho desprotegido, como os porquinhos-da-índia do Manuel Bandeira, que o enterneciam ao mesmo tempo que o desprezavam. Consegui abraçar Nicole sem nenhuma segunda intenção:

— Vamos, nós vamos pegar esse animal — respondi.

Nicole se aninhou em meus braços e começou a chorar. Ficamos assim durante um bom tempo.

* * *

A lembrança de meu irmão tem me voltado. Outro dia sonhei com ele e meus pais. Era um sonho confuso, alguns alunos do velho colégio de padres também apareciam. Não gosto disso. Quando a lembrança de João começa a voltar é sinal de que algo ruim vai acontecer. Será que já não estou fodido o suficiente na vida, porra?!

* * *

— Você percebeu? — Perguntou Nicole, enquanto olhava pela janela de seu quarto a chuva fina que caía lá fora.

Havia medo em seus olhos doces e eu não fazia a menor ideia a que ela se referia. Nicole acenou com a cabeça.

— Esse frio, essa chuva miúda que parece que nunca vai parar... Isso não é normal no Rio de Janeiro.

— Peraí, você não tá achando que essa chuva é por causa...

Nicole não me deixou terminar a frase:

— Vlad! Deve ter alguma relação. Tá chovendo há quase um mês sem parar, Marcos!

Eu ia rir, mas Nicole se antecipou:

— Pode rir. Mas eu comprei uma coisa pra você. Pra nós dois.

Foi até sua bolsa e pegou um pacotinho vagabundo e colorido de camelô. De dentro tirou dois crucifixos e me entregou um deles, pendurando o outro em seu pescoço e pedindo docemente:

— Me faz um favor? Usa ele o tempo todo daqui pra frente, tá?

Não consegui mais segurar o riso, mas dessa vez Nicole não se irritou:

— Pode rir, mas anda sempre com ele, tá? Promete?

Coloquei o crucifixo no bolso da calça e balancei os ombros. Nicole pareceu satisfeita.

Como é que tem gente que, em pleno século XXI, ainda acredita nessas coisas? Ou Nicole era muito burra ou muito mal informada. Não, burra não era. Quando queria, entendia tudo muito bem. Seu problema talvez fosse falta de informação. E saudades da amiga, misturada ao medo de acontecer com ela o mesmo que tinha acontecido com Solange. Profissão de puta tem esse problema. Você nunca sabe quem vai encontrar pela frente. Numa dessas pode encontrar a morte. Como Solange encontrara.

Tentei mudar de assunto, mas fui infeliz e fiz a pior pergunta que um homem pode fazer a uma prostituta:

— Por que você virou puta?

Nicole se irritou:

— Pra satisfazer a babacas como você, que fazem essa pergunta idiota como se não fizessem parte da prostituição. A putaria só existe porque tem homem disposto a pagar por sexo. No dia em que vocês resolverem seus problemas sexuais sozinhos ou com suas parceiras, a prostituição acaba.

Eu sorri, superior:

— Não me inclua nessa. Você sabe que eu nunca paguei por sexo.

Nicole engoliu a raiva e sorriu sem graça:

— Desculpa. É que eu ouço tanto essa pergunta idiota... fico com uma raiva!

Apesar da acusação injusta, Nicole tinha razão. Esses babacas que andam por aí pagam por sexo e depois falam das prostitutas como se fossem superiores a elas, como se apenas as putas se maculassem com a prostituição. Mas são os próprios homens os mais maculados na sujeirada toda. Se é que prostituição é mesmo uma sujeirada.

Enfim, vampiro ou não, Vlad (assumindo que ele era o esquisitão de Solange) deveria ser um grande sedutor. Afinal, não é qualquer um que consegue fazer uma puta se apaixonar somente dormindo abraçadinho com ela. Essa foi minha primeira dedução de repórter investigativo. Tudo bem, não era lá muito brilhante, reconheço. Mas fazia sentido. Como nunca havia testemunhas nem pistas em seus crimes, imaginei que Vlad deveria seduzir as mulheres antes de matá-las. Depois as levava para um local onde não seriam incomodados nem vistos por ninguém, a

RICARDO HOFSTETTER

infeliz achando que ia ser maravilhosamente bem comida e ele só
pensando em chupar o sangue da coitada. Mas havia um problema com minha brilhante primeira
dedução: e os dois homens? Ele também os seduzira? Em caso
positivo, teriam que ser homossexuais. E nos dados que conseguira com Everaldo não havia menção às opções sexuais dos dois
sujeitos. Era um detalhe a ser investigado.

Enquanto revia o material sobre os crimes, percebi uma
coisa curiosa: em cada uma das vítimas faltava uma peça de roupa. Solange, a puta amiga de Nicole, tinha sido encontrada sem
blusa, só com sutiã, mas de resto, vestida, inclusive calçada. Das
três vendedoras, em duas delas faltava em uma a saia e na outra a
calcinha. Um dos homens estava sem cueca e o outro sem um pé
do sapato. A operadora de *telemarketing*, estava sem um dos brin-
cos enormes e ridículos que usava quando foi morta. O caso da
última vendedora era curioso: Vlad levara apenas parte do lenço
de cabeça que a coitada usava. Por que não levou o lenço todo?
Mais uma coisa a descobrir. Anotei num papel todas as minhas
descobertas e os itens a investigar:

1. Área de ação: Centro, Lapa, Glória e Catete.
2. Pescoço partido.
3. Marcas de mordidas nas jugulares.
4. Sangue chupado.
5. A palavra "Vlad", escrita com o sangue das vítimas.
6. Sempre leva uma peça de roupa da vítima. (Por que levou só
   metade do lenço da cabeça de uma das vendedoras?)
7. Sedutor sexual? (confirmar se os dois homens mortos eram
   homossexuais)
8. Pagava Solange apenas pra dormir abraçado a ela (carente?).
9. Era um vampiro, pois evitava a luz do dia (informação duvidosa de Nicole).

Não era muita coisa. Para falar a verdade, não era porra
nenhuma. Leandro tinha me dado um mês para conseguir algo

interessante. Eu já tinha perdido cinco dias e só conseguira esta lista idiota. Fui até a casa onde Solange morava com a mãe. Era um apartamento fodido na merda do bairro do Catete. Tão pequeno que mais parecia uma casa de bonecas. Além disso, tinha um cachorro pequinês infecto. Assim que entrei, o animal veio se roçar nas minhas pernas. Odeio cachorro em apartamento. Especialmente pequinês. Mas o escroto do Lula parecia ter gostado de mim e não parava de se roçar nas minhas pernas. Quando ele tentou fazer sexo com minha panturrilha, dei-lhe um chute na barriga. Ele ganiu ridiculamente e foi se largar num canto da sala onde havia um pano grosso e colorido, talvez o pedaço de um edredom velho, que deveria ser sua cama.

Lula, como todos os cachorros criados em apartamento, deixava um cheiro insuportável na casa. Aliás, só os donos não percebem que seus cães empesteiam o ambiente. Minha vontade era sair dali imediatamente. Mas contive o nojo em nome da investigação. Domingas, a mãe de Solange, poderia saber algo interessante.

A mulher estava arrasada e resmungava o tempo todo. Sabia da profissão da filha e cansara de avisar que era uma vida perigosa.

— Mas a burra da Solange nunca me escutava.

Domingas achava a filha burra. Mais uma dedução brilhante do genial repórter investigativo que foi perder seu precioso tempo na porra do bairro do Catete: Domingas não sabia nada, nem nunca tinha ouvido a filha falar do tal cliente esquisito. Até eu sabia mais da vida de Solange do que a velha resmungona. Não é de admirar que não entendesse por que a filha tinha virado puta.

Voltei para casa com um cheiro insuportável de cachorro na calça, que coloquei imediatamente para lavar. Para não dar o dia como perdido, corri até a Lapa, onde moravam os dois homens assassinados por Vlad. O dono da casa lotérica era um afamado veado da redondeza. Os desocupados que faziam ponto na área foram categóricos:

— Bicha de dar pinta.

— Boiolaço.

Ponto para o repórter investigativo! Vlad devia mesmo ser um sedutor que atraía suas vítimas com promessas sexuais e depois as assassinava. Faltava confirmar se o dono da padaria, o português, também era homossexual. A ideia de um veado português não encaixava por causa do anedotário nacional sobre portugueses. Como diz o ditado, bicha burra nasce morta. Por isso não batia. Mas é claro que existe veado português. Veado tem no mundo todo. Por que não existiria em Portugal? Claro que o português assassinado era veado. Tinha que ser veado. Minha primeira brilhante dedução de repórter investigativo não podia estar errada.

Mas as opiniões dos desocupados sobre o padeiro não foram unânimes. Uns achavam que o português era uma bicha enrustida, sem coragem de sair do armário; outros que era apenas um sujeito tímido. Ninguém nunca o tinha visto com homem nem com mulher. Nunca casara e não tinha filhos. Preferi confiar na minha intuição e rabisquei no item 7 de meu bloquinho:

7. Sedutor sexual? (~~confirmar se os dois homens mortos eram homossexuais~~) SIM

* * *

Passei bem cedo na casa de Nicole. Era uma manhã fria e chuvosa, com uma garoa fina que parecia eterna. Ela não estava. Liguei para seu celular, não atendeu. Onde estaria a puta? Trabalhando a essa hora da manhã? Que tipo de tarado pervertido contrata uma piranha para trepar às dez da matina de um dia de semana chuvoso? Não, trabalhando não deveria estar. Mas por que saíra tão cedo? Lembrei que era quase impossível achar Nicole de manhã. Dois dias antes tinha tentado e o resultado foi o mesmo: celular desligado. E, no dia em que tentei marcar um encontro cedo, ela disse que pela manhã era impossível. Quis saber por quê, mas Nicole desconversou. O que será que a puta faz de manhã? Mais uma coisa a descobrir.

Não que eu estivesse suspeitando que Nicole poderia ser Vlad. Claro que não. O problema é que Nicole tinha um ar misterioso que eu não percebia nas outras prostitutas. Sheila, por exemplo, era de uma transparência absoluta. Era possível ler seus pensamentos através de seus olhos. Tudo bem que os pensamentos de Sheila não eram dos mais profundos e, consequentemente, tinham fácil dedução. Mas Nicole era diferente. Havia algo nela que me intrigava. E não era apenas sua mania de ficar tentando minha virgindade mundana. Tinha alguma coisa mais e eu ia descobrir. Mas meu problema agora era Vlad. Voltei para meu bloquinho:

1. Área de ação: Centro, Lapa, Glória e Catete.
2. Pescoço partido.
3. Marcas de mordida nas jugulares.
4. Sangue chupado.
5. A palavra "Vlad", escrita com o sangue das vítimas.
6. Sempre leva uma peça de roupa da vítima. (Por que levou só metade do lenço da cabeça de uma das vendedoras?)
7. Sedutor sexual? (~~confirmar se os dois homens mortos eram homossexuais~~) SIM
8. Pagava Solange apenas pra dormir abraçado a ela (carente?).
9. Era um vampiro, pois evitava a luz do dia (informação duvidosa de Nicole).

Eu não estava progredindo. E pior: não tinha mais nada para investigar. Que repórter investigativo de merda que eu estava saindo. Leandro ia me comer o cu se eu chegasse na reunião que marcara para o dia seguinte apenas com aquela listinha.

Voltei à casa de Domingas para vasculhar o quarto de Solange. Mal entrei e Lula veio se esfregar nas minhas pernas. O idiota parecia feliz de me ver. Lembrei de Clara. Será que o imbecil também se apaixonou por mim, sem perceber que eu o odiava? Chutei Lula mais uma vez e perguntei a Domingas se podia dar uma olhada no quarto de Solange. A velha resmungou um pouco e concordou.

O quarto era bem arrumado, nem parecia o quarto de uma puta. Que bobagem estou falando? Quarto de puta tem que ser desarrumado? O quarto de Nicole, por exemplo, era muito arrumado, bem melhor que o meu. E que besteira era essa de me preocupar com arrumação de quarto?! Eu estava no meio de uma porra de uma investigação, não tinha nada de interessante para levar para a merda da reunião do dia seguinte e estava preocupado com arrumação de quarto?! É a minha cara isso: quando não sei o que fazer, fico perdendo tempo com inutilidades. Afastei meu lado faxineira e comecei a vasculhar gavetas. Numa delas encontrei o caderninho de telefones de Solange. Será que o telefone ou o endereço do esquisitão estava anotado ali?

O caderninho era o inverso do quarto, uma zona. Solange escrevia de tudo ali. Havia a placa de um carro anotada no pé de uma página, "comprar carne moída" no alto de outra, medidas em centímetros, que, tarado como sou, imaginei serem de seu corpo, uma lista de compras de supermercado, uma balbúrdia.

Botei o caderninho no bolso e quando fechei a gaveta uma blusa de Solange caiu no chão. Lula entrou no quarto todo excitado e começou a ganir para a peça de roupa. O infeliz devia estar sentindo o cheiro da dona e ficou com saudades. Pegava a blusa com os dentes, jogava para um lado, para outro, sempre ganindo e pulando de felicidade ou saudades. Fiquei com pena do asqueroso e sua saudade inútil. Mesmo assim lhe dei um chute para recuperar a blusa. Lula fugiu do quarto ganindo. Guardei a blusa e saí. Domingas perguntou se eu tinha achado alguma coisa. Menti que não, alisando o caderninho de telefones no bolso, e me despedi.

* * *

Eu tinha quatorze anos quando matei meu irmão. João Sacramento tinha dezesseis e eu o odiava. Ele era mais bonito, inteligente, extrovertido e forte do que eu. Meus pais gostavam mais dele do que de mim e não faziam o menor esforço para esconder a preferência infame. Aquilo me deixava possesso. Para piorar, João tinha um defeito impossível de suportar: ele me adorava.

Nunca me excluía de suas brincadeiras, me protegia dos garotos mais velhos, tentava me ajudar com as meninas e sempre me escolhia para seu time nas peladas da rua, mesmo sabendo que eu era um perfeito perna-de-pau. Eu tinha certeza de que ele fazia tudo aquilo apenas para se mostrar e me humilhar. Quase podia ouvi-lo dizer:

— Olha, Marcos, como eu sou maravilhoso: mesmo sabendo que você é um merda, mesmo sabendo que nossos pais gostam muito mais de mim, ainda assim faço tudo por você, seu babaca. Não sei como seria nossa relação se ele estivesse vivo hoje. Será que continuaria a me proteger? Ou seria apenas mais um a sentir repulsa por mim? Meus pais morreram logo depois de sua morte, sem dúvida que de tristeza pela perda do filho predileto e desgosto pelo outro que lhes restou. Às vezes penso que se não tivesse matado João, não seria o sujeito amargo que sou hoje. Mas não sei bem por que penso isso: a presença de João no mundo seria apenas mais um motivo para eu agir de forma mais desagradável ainda.

Não tenho medo de admitir: quando João morreu, me senti imensamente feliz. Mas a felicidade durou pouco, muito pouco. Como todos os pequenos e raros nacos de felicidade de minha vida.

* * *

Abri o caderninho de Solange e o folheei mais uma vez. As milhares e confusas anotações não tinham acrescentado nada. Não é possível que aquela merda não me desse nenhuma pista. Nicole tinha dito que Solange conhecera o esquisitão umas duas semanas antes de morrer. Talvez as últimas anotações pudessem me levar ao cara. Mas como descobrir o que tinha sido escrito por último naquela zona de caderno? Olhei para o relógio, estava atrasado para a reunião com Leandro.

No caminho fui pensando no que dizer. A verdade é que eu não tinha descoberto nada de interessante, possuía apenas um monte de suposições idiotas, que, com certeza, seriam ridicularizadas. Ainda assim optei por contar a verdade. Se Leandro quisesse, podia me tirar da matéria, me despedir, fazer o que quiser. Foda-se. Nem cheguei a sentar na cadeira e o filho da puta já foi perguntando:

— E aí, conseguiu alguma coisa interessante?

Sujeito mal educado. Não deu bom-dia, não perguntou como eu estava passando e já foi entrando direto no assunto, me fuzilando com a pergunta que eu mais temia ouvir. Fiquei puto com a falta de educação do cara. De sacanagem, resolvi mentir:

— Consegui coisas quentíssimas. A matéria vai ficar do caralho. Nós vamos descobrir, antes da polícia, quem é o tal de Vlad.

Leandro sorriu e pediu que lhe contasse. Dourei a pílula de minhas parcas descobertas durante quinze minutos, enfatizando que tinha certeza absoluta de que o esquisitão de Solange era Vlad. Leandro me ouviu calado e muito sério o tempo todo. Quando terminei, ele baixou a cabeça e ficou olhando para seu próprio pau, tamborilando na mesa com os dedos pequenos. "Fodeu", pensei. Ele deve estar pensando num jeito de me despedir sem ser grosseiro.

Depois de um tempo angustiante, Leandro levantou a cabeça:

— Eu também acho que o esquisitão da prostituta é o Vlad. E você ter conseguido o apoio do delegado foi muito bom. Parabéns.

Rabiscou alguma coisa num papelzinho amarelo e me entregou:

— Leva o caderninho da prostituta nesse meu amigo, que é químico. Talvez ele possa dizer quais são as anotações mais recentes.

Saí da redação meio tonto. O veado comprara a minha história! Será que eu é que estava sendo crítico demais e tinha realmente conseguido alguma coisa interessante naquela primeira semana de investigação? Ou o Leandro é que era uma anta e não entendia nada de investigação policial? Não importa. O que interessa é que eu tinha mais uma semana antes da próxima reunião e precisava correr para não passar de novo pelo sufoco de não ter nada de interessante a apresentar. Pensei em ligar para Nicole e contar a novidade, mas ainda não era meio-dia e a piranha devia estar no misterioso limbo matinal onde se metia toda manhã. Corri até o laboratório do amigo químico de Leandro e deixei o caderninho lá. Depois do almoço consegui falar com Nicole pelo celular. Perguntei onde tinha ido de manhã. Ela disse que não era da minha conta e quis saber o que eu queria. Contei que Leandro se animara com minhas descobertas, mas ela não entendeu minha animação:

— Você achou que ele não fosse se animar? O cara não quer descobrir quem é o Vlad também?

As duas perguntas de Nicole me fizeram ver que todos estavam achando que a investigação progredia, menos eu. Preciso parar com essa porra de cobrança excessiva que faço de mim mesmo. E quem sabe dos outros também.

Quis marcar de conversar com Nicole à tarde, para ver se descobria mais alguma coisa. Até que o químico me retornasse, não teria nada para fazer. Mas Nicole disse que não podia. Ia viajar e só voltaria no dia seguinte, à tarde.

— E amanhã você vai faltar ao seu misterioso compromisso matinal de todos os dias? — alfinetei.

Nicole ignorou minha pergunta e contou que um cliente a contratara para acompanhá-lo numa viagem a Belo Horizonte. Ia ganhar mil reais pelo trabalho e não podia recusar uma grana boa dessas. Além disso, o cara era rico, gente fina, gostava dela e lhe dava presentes e boa vida quando estavam juntos.

— Se é tão bom assim, por que você não casa com ele? — perguntei, sacana.

Nicole bateu o telefone na minha cara. O que será que a piranha faz todo dia de manhã?

* * *

Edna me ligou. Era uma vendedora de loja com coxas deliciosas que eu tentara comer sem sucesso há um tempo atrás. No final do dia, do nada, telefonou, perguntando por onde eu andava:

— Você sumiu.

Não entendo essas vadias. Paquerei Edna durante uma semana, convidei para tudo quanto é tipo de programa, disse que estava caidinho por ela, elogiei suas coxas, seu corpo, mas a piranha não quis saber de mim. Foi só parar de procurá-la e ela me liga toda dengosa, dizendo que estava com saudades dos meus elogios. Vai entender as mulheres.

Sexo é outra coisa que não dá para entender. Se você fica ligado, não consegue pensar em mais nada. Ou, no mínimo, pensa junto com outros assuntos. Mas desde que começara a trabalhar no caso Vlad que não lembrava que existia uma coisa chamada sexo. Houve aquela fase inicial em que a vaca da Nicole ficou me tentando, mas depois que ela parou com a babaquice, nunca mais. Foi o telefonema de Edna que despertou meus velhos instintos.

Saímos. Edna era um tesão. Loura (pintada, mas a cor falsa lhe caía bem), seios medianos e durinhos, olhos castanhos, um sorriso bonito, apesar dos dentes meio tortos. E coxas incríveis, muito melhores que as de Nicole. Fomos tomar um chope, mas no primeiro gole percebi que não ia rolar. Ela já não parecia tão saudosa como ao telefone. Tive a nítida impressão de que a babaca quis sair comigo apenas para tirar uma dúvida, ganhar certeza de que eu e ela não tínhamos nada a ver. O assunto não engrenava e eu já estava me conformando de ir para casa sozinho, me masturbar e dormir. Foi quando comentei que estava dando uma de detetive no caso Vlad. O astral de Edna mudou. Ficou interessada e a conversa engrenou. Disse que achava um charme essa coisa de detetives, investigações, deduções.

— Precisa ser muito inteligente pra descobrir alguma coisa, né?

Fodemos a noite toda. Edna dormiu na minha casa e, de manhã, depois de um boquete delicioso, perguntei se ela queria me namorar.

Já falei que nossa mente é uma coisa do caralho, imprevisível. A minha então faz cada uma que não acredito. Como é que eu proponho namoro a uma mulher que praticamente desconheço?! E por quê?! Por causa do delicioso boquete que tinha acabado de ganhar? Não, não sou idiota a esse ponto. Só pode ter sido carência, medo de não resistir a Nicole e perder minha virgindade mundana ou uma tendência suicida ou masoquista. Ou todas essas coisas juntas. Só uma louca aceitaria um pedido de namoro despropositado como aquele. Edna aceitou.

* * *

1. LVD-0170.
2. 2202-3032.
3. Comprar carne moída.
4. Rua Mem de Sá, 92 - 305
5. Wanderlei

Estas foram as últimas cinco anotações feitas por Solange em seu caderninho antes de ser assassinada. O químico, amigo de Leandro, era um babaca metido a grande coisa, se achava. Mas parecia entender do assunto. Garantiu que as anotações tinham sido feitas na época que eu pedira, até duas semanas antes do assassinato de Solange. Achei o cara seboso demais e tentei derrubá-lo:

— Como é que você pode garantir? Teste com carbono 14, que eu saiba, só funciona pra coisas muito antigas.

Ele riu e disse que não fez teste químico nenhum. Mesmo porque, não funcionariam:

— Testes desse tipo só funcionam pra períodos grandes de tempo, séculos no mínimo.

— Então como é que você tem tanta certeza?

— É que você deu uma sorte absurda: o modelo da caneta usada pra fazer essas anotações só entrou no mercado três semanas antes da morte da prostituta. E essas cinco foram as únicas escritas com a caneta. Todas as outras foram feitas com esferográficas comuns. Muita sorte mesmo. Tive que reconhecer que, apesar de seboso, o cara entendia do assunto. Ele também sacava de grafologia e garantiu que todas as cinco anotações tinham sido feitas pela mesma pessoa, exceto o item dois. Achei a informação interessante. Será que era a letra do Vlad? Mais uma coisa a descobrir. E o nome Wanderlei? Seria o esquisitão? O verdadeiro nome de Vlad?

Estava doido para conversar com Nicole sobre essas novas informações, mas a piranha tinha esticado a estadia em Belo Horizonte a pedido do tal cliente que a adorava. Para não perder tempo, fui investigando por conta própria cada item, com ajuda da delegacia de Everaldo.

O primeiro era a placa de um carro que pertencia a um tal de Pedro Paulo Moreira, que morava na Barra. Por que Solange teria anotado a placa daquele carro? O segundo era o telefone de um hotel vagabundo na Lapa. O quarto, um endereço de outro hotel vagabundo, também na Lapa. Será que eram os hotéis onde Solange se encontrava com o esquisitão? Ou onde ele morava? Corri até a Lapa.

O primeiro hotel, o do telefone, ficava na rua Gomes Freire. Gosto da Lapa, apesar dos prédios não serem conservados como deveriam. Aqueles edifícios baixinhos, de dois, três andares, sem elevador, com escadas de madeira gastas pelo tempo me lembram o colégio dos padres onde estudei. Agora que o bairro vive um renascimento cultural, com uma noite novamente agitada (a Lapa parece ter vocação para a noite), pode ser que conservem melhor os prédios. Não era o caso do Hotel Lapa Linda, que estava caindo aos pedaços.

O dono e recepcionista não foi muito simpático. Expliquei por que queria as informações, mas ele não conhecia Solange e se recusou a me mostrar seu livro de registros, dizendo que era assunto particular de seu hotel, como se uma espelunca imunda como aquela pudesse ter "assunto particular". Escorreguei uma nota de cinquenta reais em sua mão e ele ficou me olhando muito sério. É impressionante o que se pode conseguir nesse país com uma nota de cinquenta reais. As pessoas reclamam que tudo anda caro, que o dinheiro não vale nada, mas com uma simples nota de cinquenta você consegue o diabo, inclusive acesso ao misterioso e inacessível livro de registros do Hotel Lapa Linda.

Mas o que eu procurava ali? Não sabia o nome verdadeiro do Vlad-esquisitão. Além do mais, ele não se registraria naquele muquinfo com seu nome verdadeiro. Nem Solange. Vi que acabara de jogar na lata de lixo cinquenta reais, mas me senti bem subornando o babaca do dono do hotel. Não fui com a cara dele e, com o suborno, coloquei-o abaixo de mim, no seu lugar.

Mas depois, fiquei pensando: quem é mais baixo? O cara que suborna ou o subornado? É claro que os dois são escrotos equivalentes, estão no mesmo nível, o mais baixo nível da podridão humana. Mas isso só pensei depois. Na hora, gostei de saber que o veado se vendia por uma nota de cinquenta reais, coisa que eu nunca faria. Assim como jamais pagaria por sexo, mantendo eternamente intacta minha virgindade mundana.

Para não passar recibo de idiota, desci e xeroquei todo o livro de registros, como se aquelas anotações fossem muito importantes e valessem muito mais do que os cinquenta reais que acabara de desperdiçar. Depois segui para o outro hotel, na Mem de Sá, ali do lado.

Era o Hotel Renascimento. O recepcionista, que não era o dono, mostrou o livro de registros sem criar caso. Também nunca tinha visto Solange. Era um garoto novo, com no máximo vinte anos. Ao ver a foto, comentou:

— Gostosa, hein!

Olhei feio e ele engoliu o sorriso:

— Foi mal... Ela morreu... Deve ser pecado falar assim de uma morta, né?...

Mostrei fotos das outras vítimas, mas o garoto não reconheceu ninguém. Voltei para casa com a xerox do livro de registros do Hotel Lapa Linda e cinquenta reais a menos na minha esquálida verba de investigação dada por Leandro. A vida é uma merda. Investigação também.

* * *

Finalmente Nicole voltou de Belo Horizonte. Passei em sua casa, mas ela não me pareceu muito bem. Perguntei se tinha acontecido alguma coisa:

— O tal cliente que você adora aprontou alguma?

— Claro que não. O Arnaldo é um doce, me tratou como uma rainha a viagem toda.

— Então qual o problema?

Nicole não sabia dizer. Sempre que saía com esse cara ficava assim. Talvez porque fosse muito bom, mas sabia que seria impossível ter aquilo para sempre.

— Por que não? — eu quis saber.

— Primeiro porque, apesar de ele gostar de mim e me tratar como uma rainha, eu não gosto de verdade dele. É uma merda quando você vê que uma pessoa é perfeita pra você, te faz bem à beça, mas você simplesmente não gosta dela.

Lembrei de Clara e sua paixão imbecil por mim:

— É, é foda mesmo.

— E depois, mesmo que eu gostasse dele... eu sou puta. Ele nunca toparia algo sério comigo, mesmo que eu largasse... Essa minha profissão é uma barra.

Concordei. Qualquer um pode se apaixonar e rolar um lance bacana com colegas de trabalho. Mas no caso de Nicole, que cliente assumiria alguma coisa com ela? Imaginem a situação: você casa com uma mulher que já foi puta. Aí vai numa festa, a apresenta aos amigos e no meio deles tem um que já foi cliente dela. Tudo bem, hoje em dia, qualquer mulher que você namore e apresente aos amigos, pode ter um no meio que já a comeu antes de você. Mas por que o caso complica com a puta? Porque o sujeito pagou para trepar com ela. Pagar pelo sexo é que é o problema. Por isso, a cada dia, fico mais seguro de que minha opção pela virgindade mundana é correta. Os padres do meu colégio diziam que sempre se deve perdoar as pessoas, principalmente quando o pecador se arrependeu. Mas duvido que algum deles tivesse peito de largar a batina e casar com uma puta arrependida, como Maria Madalena. Nem Jesus fez isso, quanto mais aqueles padrecos de meia tigela.

Nicole respirou fundo e mudou de astral, como se virasse uma página de seu folhetim:

— Tempinho ruim aqui no Rio, hein? Em BH tava o maior sol.

— Lá vem você com esse assunto de novo.

— Tá bom, deixa pra lá. Como vai a investigação?

Falei do caderninho. De cara ela descartou a placa do carro e o nome Wanderlei. A placa era de um babaca que quase atropelara Solange. Ela tinha anotado pensando em processar o sujeito e arrancar alguma grana dele. Mas conversou com um advogado, viu que ia ser complicado e desistiu. E Wanderlei era uma espécie de proxeneta do bem que volta e meia as ajudava. Ela deve ter anotado seu nome ali para não esquecer de ligar para ele por algum motivo.

Fiquei puto. Com as revelações de Nicole, das cinco anotações do caderninho, agora só duas podiam ser pistas de Vlad. E eu vinha animado com o Wanderlei, achando que era o nome verdadeiro de Vlad. Tinha a ilusão de que, com um nome, tudo seria mais fácil. Mas era um pensamento imbecil. Quantos Wanderleis não devem existir no Rio de Janeiro?

Nicole quis saber o que eu ia fazer. Respondi que não tinha a menor ideia. Talvez voltasse para casa a fim de rever o material que tinha sobre Vlad, numa tentativa de encontrar alguma pista que tivesse passado despercebida. Nicole fez uma cara estranha, cujo significado não entendi. Ou estava com pena de mim ou me achando o pior repórter investigativo do mundo. Ambas hipóteses me irritaram:

— Tá me olhando assim por quê?

Nicole deu um sorriso safado e perguntou se eu não queria perder minha virgindade mundana com ela:

— Te dou setenta por cento de desconto. Topa?

Mandei Nicole tomar no cu e saí batendo a porta. Do corredor ouvi seu riso e o grito:

— Grosso!

* * *

O telefone tocou às nove horas de uma manhã chuvosa de domingo. Edna perguntou quem era o filho da puta que ligava para minha casa àquela hora. Na noite anterior, tínhamos saído para encher a cara e tomamos todas. Foi divertido. Edna era um bom copo e uma boa companhia. Chegamos em casa às quatro da manhã, demos uma bela trepada (que, por conta do porre, não lembro exatamente como terminou) e apagamos. Agora, aquela porra de campainha de telefone parecia lixar meu cérebro por dentro da cabeça. Atendi. Era o Everaldo:

— O teu amigo aprontou outra. Quer dar uma olhada num corpo de delito de verdade?

— Claro. Onde foi?

— No Catete. Você tem estômago pra essas coisas?

— Pra corpo de delito tenho. O Catete é que me embrulha o estômago.

Anotei o endereço e saí. Antes, expliquei a Edna onde ia, mas ela não conseguiu entender uma palavra do que eu disse. Edna não existia se não dormisse oito horas por dia. Principalmente depois de um porre.

A ressaca era infernal. Juntando com as poucas horas de sono ficava fenomenal. Caía uma garoa muito leve, com pingos tão finos que flutuavam no ar. Assim que vi o corpo da mulher estendido na calçada, o pescoço quebrado e as marcas de mordida na jugular, meu estômago revirou e vomitei a alma no meio-fio. Everaldo caiu na gargalhada:

— Ainda disse que tem estômago!

Os policiais em volta também riram.

— Vão tomar no cu. Só vomitei porque tô na maior ressaca. Fui dormir às cinco da manhã no maior porre.

Eles não acreditaram e continuaram a rir. Entrei num boteco, pedi uma garrafa de água mineral para tirar o gosto de vômito da boca e voltei para a calçada. Era uma mulher de uns trinta e cinco anos. Sueli era morena e bonita. Aliás, todas as mulheres que o filho da puta tinha assassinado eram interessantes. Não vou dizer que eram lindas. Mas nenhuma era de se jogar fora. Isso me fez tirar mais uma das minhas brilhantes deduções de repórter investigativo: o tal de Vlad deveria, no mínimo, ser charmoso. Não encarava tribufu. Puxei Everaldo para perto do corpo:

— Reparou?

— O quê?

— Ela está sem sutiã.

— E daí?

— A mulher tem peitos grandes, bem grandes. Com certeza estava de sutiã quando foi morta.

Everaldo levantou a blusa da mulher e examinou seus peitos:

— É, tem umas marcas aqui. Parecem de sutiã.

— O Vlad levou o sutiã dela.

— Pra quê?!

— Você não reparou que ele sempre leva uma peça de roupa das vítimas?

Everaldo pensou um pouquinho e sorriu:

— Até que tu não é burro, não, hein?

Fiquei orgulhoso. Um profissional não tinha percebido um detalhe comum aos crimes que eu percebera. Everaldo disse que não se ligara porque é normal mortos aparecerem sem um dos sapatos, coisas assim:

— Aliás, sapato de atropelado é a primeira coisa que voa longe.

Mesmo assim ele não se entusiasmou com minha brilhante observação:

— O que você pretende fazer com isso? Procurar em todas as casas do Rio de Janeiro alguém que tenha um sutiã, uma blusa, uma calcinha, um sapato...

Disse que Everaldo estava exigindo muito de mim. Por enquanto, aquilo não servia para muita coisa:

— Mas tenho certeza que ainda vai ser útil pra caralho. É uma intuição.

Everaldo respondeu com um sorriso sacana. Ia mandá-lo tomar no cu quando um policial chegou:

— Tem um sujeito aí dizendo que viu o cara.

Everaldo sorriu largamente:

— Até que enfim alguém viu esse filho da puta! Vamos interrogá-lo e fazer um retrato falado. Finalmente vamos ver que cara esse Vlad tem. Se tiver os caninos grandes, deixo o caso na sua mão — disse, rindo para mim.

O sujeito que vira Vlad trabalhava como *barman* numa boate perto do local do crime. Estava indo para casa, tarde da madrugada, quando cruzou com Vlad e a mulher assassinada caminhando na calçada de braços dados. Reparou bem no casal porque àquela hora da madrugada a rua estava deserta. Combinara um passeio com a namorada no domingo de manhã, mas assim que acordou, viu que tinha esquecido os documentos na boate. Correu para buscá-los, deu de cara com a mulher morta na calçada e a reconheceu da madrugada anterior. Era tudo o que sabia. Fomos para a delegacia e fizeram o retrato falado de Vlad.

Ele não tinha uma cara assustadora. Pelo contrário, cabelos lisos e medianamente compridos, rosto até simpático, porém muito pálido. Parecia gringo de tão branco. O cara da boate disse que era bem alto e forte. Pelo retrato, não parecia exatamente um galã de TV, mas estava longe de ser feio. Um tipo que as mulheres e os veados gostam. O que confirmou minha teoria de que ele devia seduzir sexualmente suas vítimas antes de matá-las. Pedi uma cópia do retrato e levei para casa.

Ao chegar, meio-dia, Edna ainda roncava na minha cama. Saí do quarto e fui para o escritório. Moro num apartamento em Botafogo de dois quartos. É uma merda de apartamento, mas pelo menos posso me dar ao luxo de dizer que tenho escritório em casa. E, melhor de tudo, não fica no Catete. Preguei o retrato falado de Vlad no quadro de cortiça e fiquei olhando para a cara do filho da puta. Tinha um quê de maluco. Mas nada que lembrasse um vampiro. Liguei para Nicole e pedi que corresse ao meu apartamento. Meia hora depois ela chegou, guarda-chuva e capa na mão. A chuva miúda ainda não parara.

Mostrei o retrato e perguntei se ela conhecia. Nicole confirmou minha teoria: achou o cara bonito, mas garantiu que nunca o tinha visto na vida. Edna entrou no escritório com cara e bafo de ressaca e, de maus bofes, perguntou o que estava acontecendo. Parece que não gostou de ver Nicole ali. Foi seca com a puta. Se queixou da ressaca e contei que já estava novo em folha, graças à vomitada que tinha dado ao ver o cadáver da mulher.

Nicole se desculpou por não ter ajudado e disse que ia embora. Eu pedi que ficasse, queria perguntar mais algumas coisas. Edna estrilou:

— Porra, você vai trabalhar num domingo?! Dá um tempo, cara!

Nicole concordou com Edna, disse que no dia seguinte conversávamos e, muito séria, se mandou. Edna de ressaca virava um bicho:

— Por que você trouxe essa putinha pra dentro de casa, hein?!

— Pra mim, Nicole não é uma puta. É uma fonte de informação importante pra chegar no veado do Vlad.

— Uma fonte de informação que fica querendo dar pra você o tempo todo!

— Ela já parou com essa bobagem. Agora só tá me ajudando mesmo. Vai tomar um banho gelado pra ver se esse teu mau humor passa. Aproveita e escova os dentes que o teu bafo tá de matar.

Edna ficou puta, mas seguiu meu conselho. Sentei em minha cadeira e fiquei olhando para o retrato falado de Vlad.

Não gostei do jeito que Edna se referiu a Nicole.

* * *

Liguei para o Everaldo querendo saber quando seria o enterro de Sueli. O Manual do Investigador da Polícia Civil dizia que era uma boa interrogar amigos e parentes da vítima, que estariam todos juntos, facilitando bastante a investigação, apesar de o momento não ser o melhor para essas coisas. Achei que Everaldo estava brincando:

— Pelo jeito não vai ter enterro nem velório.

— Como assim?!

— Não apareceu ninguém pra reclamar o corpo da mulher. Vizinhos disseram que a Sueli morava sozinha e, ao que soubessem, não tinha família nem namorado nem amigos.

— Merda! Quer dizer que eu não vou poder bancar o detetive no enterro?

— Parece que não... Muito provavelmente ela vai ser enterrada como indigente.

Puta de um azar. A pior coisa em uma investigação sem pistas materiais é quando a vítima não tem amigos nem parentes. Você fica sem pistas testemunhais também. Era o que informava o mal escrito Manual do Investigador da Polícia Civil. Para piorar a situação, Sueli era faxineira, trabalhava cada dia da semana na casa de uma pessoa diferente. Ou seja, eu também não podia ir ao seu escritório fazer perguntas a seus colegas de trabalho. Até podia ir nas casas onde trabalhava, falar com as patroas, mas Everaldo me desaconselhou:

— Perda de tempo, irmãozinho. Essas dondocas da zona sul não sabem nada da vida das empregadas, quanto mais das faxineiras. O máximo que você vai descobrir é que ela roubava carne do *freezer*.

Vlad tinha escolhido bem sua vítima. A única coisa que conseguimos daquele assassinato foi o retrato falado. Não deixava de ser alguma coisa.

Voltei ao Lapa Linda e ao Renascimento com o retrato. O garoto da recepção do Renascimento nunca tinha visto o cara mais gordo na vida. No Lapa Linda, para minha surpresa, havia outro recepcionista. Eduardo era sobrinho do dono mal humorado que eu subornara inutilmente no outro dia. Disse que ele é que era o recepcionista. O tio só tinha ficado em seu lugar porque teve dentista no dia.

— Quer dizer que eu dei o maior azar, é? — brinquei.

O garoto riu:

— É, o meu tio é meio mal-humorado mesmo... Mas é gente boa.

Gente boa e corrupto, pensei. Só para checar as rígidas regras do Hotel Lapa Linda, pedi para ver o livro de registros. Eduardo liberou. Fiquei puto, com a certeza de ter jogado cinquenta reais no lixo duas vezes: uma pela inutilidade da xerox que ainda tinha em casa; e outra pelo azar de ter vindo justo no dia em que Eduardo tinha ido ao dentista.

Mostrei o retrato falado a Eduardo. Ele ficou olhando muito sério para o papel e depois de um tempo disse:

— Acho que esse cara já esteve aqui.

Vibrei.

— Mas não tenho muita certeza — acrescentou.

— Ele se hospedou aqui?

O garoto ficou constrangido:

— Bom... Você sabe, isso aqui não é bem um hotel... É mais um motel. Talvez ele tenha vindo com alguém. Mas hospedado, nunca ficou. São poucos os que se hospedam. Eu lembraria.

Simpatizei com o rapaz e sua ingenuidade ao achar que eu não sabia que a espelunca não passava de um "metel" de quinta categoria. Deixei meu telefone e pedi que se lembrasse de mais alguma me ligasse. Nos filmes os detetives sempre diziam isso.

Já passava do meio-dia, Nicole devia estar livre de seu misterioso compromisso matinal. Corri até seu apartamento. Ela estava meio desanimada. Aliás, nos últimos tempos Nicole andava assim, jururu. Mas não perdia oportunidade de me provocar:

— Namoradinha mal-humorada a sua, hein? Vou comprar uma coleira pra ela botar no teu pescoço.

Pedi desculpas por Edna:

— Quando tá de ressaca ela fica num mau humor fodido.

— Só quando tá de ressaca? — brincou.

Mandei Nicole tomar no cu. Tínhamos um psicopata a prender. Tirei o retrato falado do cara e mostrei a ela novamente:

— Tem certeza que você nunca viu essa cara antes? Pensa bem.

Nicole ficou olhando o retrato um bom tempo. Depois balançou a cabeça negativamente. Eu disse que o recepcionista do Lapa Linda achava que já tinha visto o cara por lá.

— Solange costumava atender seus clientes no Lapa Linda?

Nicole disse que sim. Quando ia trabalhar na Lapa, era um de seus hotéis favoritos.

— É possível que ela tivesse ido lá com o esquisitão?

Nicole fez que sim com a cabeça, desanimada. Tentei descobrir por que andava naquele estado, mas ela não estava a fim de papo. Voltei ao Lapa Linda e usei uma das técnicas do Manual do Investigador da Polícia Civil. Coloquei lado a lado uma foto de Solange e o retrato falado de Vlad. O rosto de Eduardo pareceu se iluminar:

— É, acho que vi esses dois juntos, sim. Agora lembrei. Achei o casal meio estranho, eles subiram e ficaram a noite toda. Normalmente o pessoal sobe e desce umas duas horas depois. De madrugada, antes de clarear, o sujeito desceu, pagou e se mandou. Lá pelas dez da manhã é que a mulher foi embora.

Bingo! Primeira pista quente do babaca do Vlad: ele frequenta o Lapa Linda! E a noite que passou com Solange foi lá. Só abraçado, sem fazer nada. E saiu antes do dia clarear. Será que Nicole estava certa? O cara era mesmo um vampiro? Impossível. Ele deve ter ido embora antes do sol nascer porque... não sei por quê. Não sei mesmo...

Mas que merda eu ia fazer com aquela informação? Ficar plantado na porta do Lapa Linda, com o retrato falado de Vlad na mão, esperando que ele voltasse? Aquela investigação, que parecia não andar, estava me incomodando. Não sabia mais o que fazer. Aí tive uma ideia desesperada. Corri para o jornal e mostrei o retrato falado a Leandro:

— Eu quero publicar.

— Pra quê?

— A gente publica e pede que qualquer pessoa que conheça o cara ligue pro jornal. Alguém deve reconhecer o veado.

Leandro fez uma cara estranha:

— Sei lá. Preciso conversar com o Barbosa antes.

— Por quê?

— A gente pode colocar o jornal e seus funcionários em risco publicando um troço desses.

Achei que o Leandro tinha pirado, estava vendo filme de FBI demais. Mas ele insistiu e saiu da sala. Quinze minutos depois voltou:

— Tudo bem, o Barbosa autorizou. Sai na edição de amanhã.

— Na capa?

— Claro que não, na página policial. Capa só quando a gente pegar o cara.

Finalmente me senti fazendo alguma coisa para pegar o filho da puta. Até ali só tinha corrido atrás de informações, estava na hora da informação vir até mim.

Liguei para o Roberto e marquei um almoço no bar do Cabral. O veado reclamou, perguntou se não podia ser em outro lugar, a comida do bar do Cabral fazia mal a seu estômago.

— Em outro lugar, só se você pagar, tô duro — eu disse.

O veado mudou de ideia e topou almoçar no bar do Cabral. Mão de vaca!

Conversar com Roberto foi bom. O início do papo foi meio chato. Contei que estava namorando Edna e ele fez sua tradicional cara de homossexual enrustido:

— Mais uma vendedora de loja...

Mudei de assunto e fui ao que interessava: a investigação. Ele gostou de saber que as coisas estavam evoluindo. Só não achou uma boa ideia a publicação do retrato falado:

— Um monte de palhaços vai ligar pro jornal mentindo que sabe quem é o cara. Aposto até que algum idiota vai dizer que é o Vlad. Só tem sacana filho da puta nesse país. Você vai perder um tempão investigando todas essas informações e não vai sair do lugar, só perder tempo.

Eu já devia saber: o Roberto é um veado desmancha-prazeres, parece que fica feliz em me desanimar. Insisti que ia dar certo e, depois do almoço, passei na delegacia. Everaldo disse a mesma coisa que Roberto:

— Além do mais, retrato falado não é segurança de nada. Já vi um monte que não tinha nada a ver com o bandido. Serve só como referência, nada mais.

Obviamente não contei nada disso ao Leandro. Porra! Será que eu não dou uma dentro, caralho?!

* * *

Matei meu irmão num puteiro do Catete. Por isso não gosto do bairro. Por outros motivos também. Mas principalmente por este. Apesar de nunca ter me arrependido, a lembrança do assassinato ainda me incomoda, mesmo depois de tantos anos. Acho que nunca vou me livrar dela.

Aconteceu numa quarta-feira banal. Na saída do colégio, em vez de irmos para casa, como sempre fazíamos, João me fez uma proposta:

— Tá a fim de virar homem?

— Virar homem? — não entendi.

João mostrou um bolo de notas no bolso:

— Tô com uma grana aqui. A gente pode ir na zona e você perde seu cabaço.

— E você não vai trepar também? — perguntei preocupado.

— A grana dá pra pagar duas putas. Tá a fim?

Assustado, porém excitado, concordei. No caminho, João foi me explicando como agir quando estivesse na cama. Depois da aula, finalizou:

— Fica tranquilo, vai dar tudo certo. Eu também fiquei nervoso na primeira vez. Mas depois foi bom demais.

Ao chegarmos no decrépito bordel da rua Bento Lisboa, só havia uma puta disponível. João me disse:

— Vai você primeiro, vou depois.

Olhei a puta e vi a morte em seus olhos. Não posso dizer que forma tinha, se de um fantasma, uma mulher ou uma caveira com manto e alfanje. Mas tive certeza de que naqueles olhos se escondia a morte. Disse a João que tinha perdido a vontade e sugeri que fôssemos embora. Mas o babaca, protetor e compreensivo como sempre, sorriu discretamente para a puta e disse que estava bem. Mas não ia perder a viagem, ia dar uma rapidinha e depois íamos. Fiquei com ódio de sua compreensão e do risinho sarcástico. Por que o babaca não me sacaneou, não duvidou da minha masculinidade, não me chamou de veado, como qualquer outro irmão mais velho faria? Para me vingar, em vez de contar o que tinha visto nos olhos da prostituta e convencê-lo a não transar com ela, me calei. João entrou num quarto com a mulher e meia hora depois voltou todo sorridente, colocou o braço em meus ombros e fomos embora. No caminho de volta, veio me contando tudo o que tinha feito com a prostituta, dizendo que logo, logo eu também estaria fazendo aquelas coisas. Fiquei com mais raiva dele ainda. Seis meses depois ele morreu infectado pelo vírus da AIDS.

* * *

A publicação do retrato falado de Vlad foi um fiasco. Aconteceu exatamente o que o Roberto e o Everaldo disseram. Um bando de desocupados ligou para o jornal com um monte de informações que não serviam para nada. Algumas eram tão imbecis que nem me dei ao trabalho de checar. E, como o Roberto previra, até um filho da puta curtiu com a minha cara, dizendo que era o Vlad e que seu retrato falado não lhe fazia justiça:

— Sou muito mais bonito.

Mandei o desocupado tomar no cu e bati o telefone. Fui tomado por um desânimo foderoso. Eu achando que ia resolver o caso com a publicação do retrato falado e agora vinha aquela ducha de água fria. Repórter investigativo de primeira viagem é uma merda.

Ao chegar em casa encontrei um recado da Edna na secretária eletrônica. Queria dormir comigo. Gostei da ideia. Uma boa trepada talvez espantasse meu mau humor. Foi bom. Edna é meio vadia na cama, gosta da coisa, leva a sério. Demos uma trepada de duas horas, puro sexo animal. No final, me larguei na cama, acabado. Nem vi quando dormi. Só lembro de acordar no meio da madrugada e dar um pulo, assustado. Edna também se assustou:

— Que foi?

— O cara que ligou pro jornal hoje dizendo que era o Vlad.

— Que que tem?

— Era o Vlad mesmo!

— Como é que você sabe?

— Não sei. Só sei que era ele. Tenho certeza.

— E essa certeza veio de onde? Sonhou com o telefonema?

— Acho que sonhei... Sei lá... Tive um sonho confuso. Nem sei se chegou a ser um sonho. Mas ouvi o telefonema todo de novo na cabeça. Aquele tom de voz, aquela empáfia, se dizendo mais bonito que o retrato falado... Era ele! Tenho certeza!

Edna balançou os ombros:

— Agora já era — e voltou a dormir.

Não consegui mais dormir. Chovia lá fora e cada pingo de chuva que caía parecia curtir com minha cara pela besteira que acabara de fazer. Vlad tinha falado comigo e eu perdera uma chance de ouro de arrancar alguma coisa do escroto. Tudo culpa do meu gênio. Preciso me controlar, parar com essa mania de mandar todo mundo tomar no cu a toda hora. Merda! Merda! Merda!

No dia seguinte, corri para o jornal e chequei no identificador de chamadas as ligações do dia anterior. Anotei o número que Vlad usara para me ligar. Era de um orelhão no Catete, na mesma calçada onde Sueli tinha sido assassinada. O veado tinha me ligado do mesmo lugar onde matara sua última vítima. Será que isso significava alguma coisa?

Leandro chegou querendo saber das novidades:

— O Vlad ligou pra mim ontem.

— Ele se identificou, falou que era o Vlad?

— Falou.

— E você fez o quê?

— Mandei ele tomar no cu.

Leandro fez uma cara de quem não entendeu. Expliquei:

— Como é que eu podia adivinhar que era ele mesmo? O Roberto e o Everaldo tinham dito que provavelmente algum gaiato ia ligar dizendo ser Vlad, de sacanagem. Na hora não achei que era ele... Mas depois, tive certeza. Era ele!

Leandro quis saber de onde vinha essa certeza.

— Do jeito do veado falar. Tinha um ar de superioridade, de se achar melhor que os outros que só os psicopatas têm. Tô puto comigo mesmo por não ter percebido isso na hora.

Fiquei espantado com a compreensão de Leandro:

— Acontece. De qualquer maneira, foi um bom sinal. O cara quer aparecer, está gostando de se ver no jornal. Se ligou uma vez, vai ligar de novo. É só a gente bolar alguma coisa pra atrair ele.

Ficamos de pensar numa nova estratégia. Passei na 9ª Delegacia de Polícia para conversar com Everaldo. Ele disse que eu estava viajando.

— Qualquer idiota pode ter ligado fazendo essa brincadeira. Isso é muito mais comum do que você imagina.

Garanti que tinha sido Vlad. Era uma intuição. E minhas intuições é que estavam fazendo a investigação andar. O que, afinal, era mais do que esperado: não seria minha parca técnica de investigador, adquirida no extremamente mal redigido Manual do Investigador da Polícia Civil, que iria fazer com que a investigação caminhasse. Eu tinha que confiar em minhas intuições e ir fundo nelas. Só assim poderia chegar no filho da puta do Vlad. Com ódio, anotei no meu caderninho de investigações:

ACREDITAR MAIS NAS MINHAS INTUIÇÕES! E PA-
RAR DE MANDAR TODO MUNDO TOMAR NO CU A TODA
HORA!

* * *

Nicole achou minhas decisões extremamente sensatas:
— Você é muito grosso. Xinga todo mundo o tempo todo.
Fala palavrão direto. É muito feio homem assim. Feio. A piranha dava a boceta em troca de dinheiro, e muito provavelmente o cu também, e vinha me dizer que achava feio
um homem falar palavrão. São essas coisas que me irritam nas
pessoas. Essa falta de dimensão da realidade. Ia mandar Nicole
tomar no cu, mas lembrei de minha decisão e me segurei. Nicole
não percebeu meu ódio e continuou:
— Você tem algum problema sério na vida pra justificar
esse mau humor todo?
Tentei não ser muito grosso:
— Muitos. Mas você não vai querer dar uma de analista e
me botar no divã pra ouvir meus problemas agora, vai?
Nicole riu um sorriso bonito:
— Não. Vamos trabalhar. Qual é o próximo passo pra pegar o Vlad?
Esse era o problema: não me vinha mais nenhuma das
minhas geniais intuições. Meu vacilo no telefone tinha me desa-
prumado. Por um lado foi bom descobrir que Vlad sabia que eu
estava atrás dele. Por outro, foi uma merda, porque não trouxe
nada de novo ao caso. Fiquei perdido, sem saber o que fazer. Fui
para casa.
Tentei organizar a agenda do dia seguinte, mas de novo
não me veio ideia alguma. Lembrei de Nicole, que andava muito
estranha nos últimos tempos. Quem sabe não estava na hora de
descobrir o que a puta fazia todas as manhãs? Um mistério tão
intrigante quanto a identidade de Vlad.

Às seis da manhã eu já estava de prontidão na padaria vagabunda em frente do prédio de Nicole. Às seis e trinta ela desceu. Estava bem arrumada, com uma roupa esporte que lhe caía muito bem. Parecia uma gatinha indo encontrar o namorado para irem ao cinema num domingo à tarde. Nada que lembrasse sua profissão.

Ela subiu a rua em direção ao Largo do Machado. Fui atrás, me escondendo entre árvores, carros e outras pessoas. Atravessou a rua do Catete e chegou na praça, já cheia àquela hora. De repente, sumiu. Não sei o que aconteceu. Ela estava bem ali na minha frente, a uns vinte metros de distância. Olhei por um segundo para um vendedor de milho que preparava sua mercadoria e quando voltei o olhar ela tinha sumido. Rodei os quatro cantos da praça, fui ao ponto de ônibus na esquina da rua das Laranjeiras, nada. Tinha evaporado. Sentei num banco vazio:

— Puta que pariu! Acordei cedo à toa!

De repente, saída do nada, ela sentou do meu lado e me perguntou, irritada:

— Tá me seguindo por quê, hein?!

Levei um susto e fiquei sem saber o que dizer. Nicole insistiu:

— Fala! Tá me seguindo por quê?!

Sem saída, contei. Nicole ficou mais irritada ainda:

— Olha aqui, seu idiota: o que eu faço toda manhã não é da sua conta! Eu vou atravessar a rua e entrar naquele ônibus. Se você sair desse banco e vier atrás de mim eu nunca mais falo com você. Entendeu?!

Nicole não esperou minha resposta, atravessou a rua, entrou num ônibus para o Centro e ficou me olhando lá de dentro. Não tive coragem de me mexer. O ônibus arrancou e eu fiquei naquela merda de praça, sentado naquela porra de banco com cara de babaca por mais uns quinze minutos.

— Será que eu não dou uma dentro, cacete?!

Na volta para casa, vim pensando. Eu me escondi bem e mesmo assim Nicole percebeu que estava sendo seguida. Então é porque tem andado esperta, olhando em volta. Se está olhando em volta é porque tem alguma coisa a esconder, culpa em algum cartório. Será que ela é... o Vlad?! Impossível. Nicole jamais teria coragem de matar oito pessoas com aquele sangue frio. Ou teria? A ideia fazia sentido. Ela era o Vlad. Quando descobriu que eu estava investigando o caso, colou em mim, para me atrapalhar ou ficar por dentro de tudo o que eu fosse descobrindo. Mas e o retrato falado? E o telefonema? Podia ser ela disfarçada de homem? Ou fazendo voz de homem? Tirei o retrato falado do bolso. Até havia uma semelhança, o cara tinha traços finos, Nicole também. Mas o nariz não batia. E como ela faria para encurtar seus cabelos compridos? Uma peruca curta, muito simples. Será que Nicole era o Vlad?! Não, muita loucura.

Bom, ela podia não ser o Vlad, mas podia estar ajudando o maníaco. Mas por quê? Para quê? Por via das dúvidas decidi seguir Nicole uma segunda vez. Mas nessa não ia dar mole. Se ela fosse Vlad ou estivesse ajudando o filho da puta ia se ver comigo, ah, se ia! Piranha!

* * *

Contei a Edna minha desconfiança. Ela rosnou:

— Você tá arrumando desculpa pra colar ainda mais naquela putinha, não é?

— Deixa de ser idiota, Edna! Eu tô falando sério. Você não acha que ela pode ser o Vlad ou estar ajudando o cara?

— Claro que não.

— Então o que essa mulher faz toda manhã?

— Problema dela. Matar gente é que não é. E vamos mudar de assunto que falar nessa puta me irrita.

Não sei por que Edna tem tanta raiva de Nicole. Ciúmes? Não pode ser, eu nunca teria nada com Nicole, manteria intacta minha virgindade mundana até a morte. E Nicole nunca transaria comigo de graça. Edna sabe disso, lhe contei toda a história. Não consigo entender essas mulheres.

* * *

Morei no Catete nos piores anos de minha vida. Ali matei meu irmão e foi no bairro que meus pais morreram de desgosto pela morte do filho predileto. Às vezes fico pensando: se tivesse contado a João o que vi nos olhos daquela prostituta no bordel da Bento Lisboa, será que o teria salvo? Provavelmente não. O babaca, como sempre, riria de mim de forma educada e protetora e teria transado com a prostituta de qualquer maneira. Mas, se pelo menos eu tivesse falado, não teria mais a me esmagar o peito o peso da culpa por sua morte e de meus pais. Mas não gosto de pensar assim. Sou e fui o único culpado pela morte de toda minha família. Matei João porque odiava sua ostensiva e indulgente ascendência sobre mim. E meus pais morreram por causa de meu crime até hoje impune. Pretendo levar esta culpa até o túmulo.

* * *

Já ouvi em mais de um *blues* a frase *"I'm drifting"*, em geral seguido de *"like a ship on the ocean"*. O verbo *drift*, usado com este sentido, não parece ter correspondência exata em português: algo como estar à deriva, flutuar sem rumo, ao acaso, andar para lado nenhum. "Derivar" seria o verbo mais próximo, mas, pelo menos que eu saiba, nunca vi ninguém utilizá-lo com este sentido. Português à parte, era como eu me sentia na investigação do caso Vlad: *drifting*. O fiasco da publicação do retrato falado e a dura que levei de Nicole me deixaram assim, à deriva. Peguei o Manual do Investigador da Polícia Civil e o abri numa página qualquer. Uma das mal traçadas linhas dizia que, em casos como o de Vlad, um *serial killer* doido, era importante tentar entender a mente do criminoso a fim de prever seus próximos passos. Na falta de ideia melhor, resolvi tentar descobrir por que o babaca se achava vampiro e chupava o sangue de suas vítimas.

Comecei com Vlad Tepes Dracula, o personagem real que inspirou Bram Stoker. O cara era um animal. Nasceu numa cidade da Transilvânia chamada Sighisoara e foi governante da província de Valáquia. Punia com empalação qualquer crime, do mais simples ao mais terrível. As pessoas se borravam de medo do cara, a ponto de ele ter deixado numa praça pública uma taça de ouro para que viajantes matassem a sede e ela nunca ter sido roubada. Considerava pobres, nômades, mendigos, doentes e ladrões seres inferiores. Uma vez, convidou um monte desses tipos para uma grande festa em sua corte em Tirgoviste. Depois que a corriola tinha se fartado, comendo e bebendo à larga, trancou todas as portas do castelo e ateou fogo a ele. Ninguém sobreviveu.

Dracula moveu uma guerra contra os turcos e, quando estava perdendo, se retirou de sua província deixando três presentes para o inimigo: queimou todas as plantações; envenenou todos os poços de água; e quando o sultão turco, exausto, conseguiu finalmente chegar à principal cidade da província, se deparou com o que ficou conhecido como "A Floresta dos Empalados": Dracula mandou empalar todos os vinte mil prisioneiros turcos que tinha em seu poder. Depois da cena dantesca, o sultão ficou tão desgostoso que abandonou a guerra, deixando-a a cargo do irmão e desafeto de Dracula, Radu.

O Drácula de Bram Stoker, um personagem de ficção, tinha um pouco mais de charme. Morava num castelo em ruínas na Transilvânia com mais três mortas-vivas. Um dia achou que a Romênia estava chata demais e resolveu se mudar para Londres, em busca de sangue fresco. Mas foi descoberto e caçado pelo chato e pernóstico médico holandês Van Helsing e seus asseclas. Ao se ver cercado, tentou voltar para seu castelo na Transilvânia, mas foi perseguido e morto (ou libertado de sua maldição).

O método de Van Helsing para "libertar" um morto-vivo era cortar fora sua cabeça e enterrar uma estaca em seu coração. Feito isso, o corpo do vampiro se transformava em pó e sua alma era libertada. O que significa que se você cortar fora a cabeça de um suspeito de ser vampiro, atravessar seu coração com uma estaca e ele não transformar em pó é porque você cometeu um pequeno erro de avaliação.

Segundo os estudos de Van Helsing, vampiros não comem, só bebem sangue dos outros, não têm sombra nem são refletidos num espelho. Não conseguem entrar numa casa se não forem introduzidos por alguém, mas, depois da primeira vez, entram e saem como bem entendem. Podem se transformar em ratos, lobos, morcegos e outros animais nojentos. Não suportam a luz do dia, preferindo a noite para se alimentar. E se você fizer um círculo em volta de um deles com pó de hóstia consagrada, ele não consegue sair dali.

Depois de ler todas essas babaquices, fiquei pensando: o que levaria um brasileiro, provavelmente pobre e fodido, a pensar que era descendente de Dracula e sair por aí matando gente e chupando seu sangue? Desejo de imortalidade, necessidade de sobressair na multidão, tara por sangue, loucura?

Que Vlad era louco, não havia dúvida. Pelo seu telefonema para o jornal, percebi que também era orgulhoso e vaidoso. Tinha uma voz pernóstica típica dessa gente que se acha melhor que os outros. E parecia planejar e executar seus crimes com inteligência e perfeição, afinal, nunca deixara uma pista ou testemunha. Qual seria o próximo passo de um *serial killer* com este perfil? Continuar matando do mesmo modo? Ou estaria preparando algo maior, já que estava ficando famoso e sabia que estávamos na sua cola?

Cheguei à conclusão de que eu precisava entrar em contato de novo com ele. Se pudéssemos falar ao telefone mais uma vez, tenho certeza que lhe arrancaria alguma coisa. Tenho um dom especial para irritar essa gente que se acha melhor que os outros, fazendo-as perder o controle. Mas como fazer para que ele me telefonasse novamente?

* * *

Tenho todos os motivos para odiar o bairro do Catete. Além disso, trago dentro de mim uma antipatia ancestral, atávica por aquele lugar. Acho que sinto esse ódio desde antes de me entender por gente. Quase posso lembrar dessa ojeriza ainda deitado em meu carrinho de bebê. Nunca consegui gostar de nada ali, apesar de reconhecer que o Aterro e o Museu da República têm seu charme. Para quem diz que gosta do bairro eu contra-ataco com a pergunta: por que a parte do Aterro que fica no Catete não se chama Aterro do Catete e sim Aterro do Flamengo? Um bairro que não consegue dar nome nem a um aterro tem algum problema. Podem dizer que o bairro onde moro, Botafogo, não é muito melhor. É. Qualquer bairro da cidade do Rio de Janeiro é melhor que o Catete.

Foi esse ódio atávico que me fez chegar a mais uma das minhas brilhantes deduções de repórter investigativo: Vlad mora no Catete. Das oito vítimas, quatro tinham sido assassinadas lá e as outras em bairros vizinhos. Solange e a operadora de marketing moravam no Catete e Vlad me ligara de um orelhão na mesma calçada onde Sueli, sua última vítima, tinha sido assassinada, também no bairro. Só um bairro torto como o Catete poderia abrigar um sujeito que se diz vampiro.

Quando eu estudava no colégio dos padres, também fui muito sacaneado pelos riquinhos por causa do bairro. Começou assim: tínhamos um trabalho em grupo e ofereci minha casa para a reunião. Quando contei onde morava todos caíram na gargalhada. Na época, o chique era morar em Ipanema, Gávea, Jardim Botânico. A reunião acabou sendo na casa de um deles, no Leblon, num apartamento dez vezes maior que o meu, onde cheguei a me perder e, pela primeira vez na vida, travei conhecimento com a colossal diferença econômica que me separava daqueles garotos. Um jeito estranho de conhecer as idiossincrasias de nosso país.

Depois daquele dia, os riquinhos passaram a me sacanear: quando estavam na minha frente, em vez de dizer "é do cacete", diziam "é do Catete". Mas o que me incomodava não era o que faziam na minha frente e sim o que acontecia às minhas costas. Os risinhos disfarçados e sacanas, os olhares enviesados e cúmplices, os acenos de cabeça sempre que eu chegava. Por que não diziam na minha frente, na minha cara, abertamente?

— Você é pobre.

— Você é brega.

— Você mora no Catete.

Talvez assim eu pudesse encher a cara de um deles de porrada, ser suspenso ou talvez expulso do colégio e resolver a questão. Mas não, eram risinhos discretos, olhares recheados de ironia e deboche, tudo muito sutil, tudo muito sacana. E a piadinha sem graça de sempre:

— É do Catete.

Foi a primeira vez na vida em que senti a dor que me acompanha até hoje: a da exclusão. Não faço parte de nenhum grupo, não tenho amigos nem família, namoro uma mulher apenas porque preciso de sexo, não sou bem-sucedido profissionalmente, não me relaciono com meus vizinhos, colegas de trabalho... enfim, tenho a sensação de que existo à margem do mundo. Os outros seres humanos parecem viver num lugar ao qual não tenho acesso. Às vezes chego a pensar que não sou humano. Acho que é isso que devem sentir as vítimas de preconceito.

Ao mesmo tempo, confesso que prefiro minha companhia à das outras pessoas. Não gosto nem tenho paciência para gente. Quando estou só, me sinto bem, além de ser muito mais divertido. Entendo como ninguém minhas piadas mal-humoradas e nunca preciso explicá-las. Sem falar nos constrangimentos e chateações na hora de rachar a conta num restaurante. Por isso prefiro minha única e própria companhia. Mas ultimamente não tenho tido saco nem para mim mesmo.

O Roberto acha que dramatizo em excesso meus problemas. Diz que não tive culpa pela morte de minha família e ainda levanta uma hipótese maluca: ninguém me sacaneava no colégio dos padres por causa do Catete. Era tudo minha imaginação. Quando contei a ele que tinha certeza de que Vlad morava no Catete, o veado riu:

— É a sua sina. Mas no fundo é bom.

Bom?! Eu odiava histórias de Drácula e o cara ainda morava no Catete. O que poderia ser bom?!

— O fato de não ter nada, absolutamente nada de bom.

Roberto disse que eu estava no fundo do poço, tinha sido rebaixado no jornal, estava namorando uma vendedora de loja (quase dei uma porrada nele nessa hora), não estava progredindo na investigação, tomara uma ensaboada da Nicole... É claro que, para completar, Vlad tinha que morar no bairro que eu odiava. Era o fundo do poço, o mais baixo que eu poderia chegar. E já que as coisas não podiam piorar, com certeza melhorariam dali para frente.

— Se anima, cara! Você chegou lá embaixo. Agora só dá pra subir — disse Roberto, erguendo o copo de cerveja num brinde.

Só não dei uma porrada no veado porque sua ideia, além de engraçada, era otimista e me deu um pouco de esperança naquele início de tarde.

Depois do almoço passei na casa de Nicole. Mal entrei, senti um cheiro esquisito. Nicole disse que não estava sentindo nada, mas a explicação veio a seguir, correndo e pulando: Lula. O malcheiroso ex-cachorro de Solange ficou feliz de me ver e veio tentar fazer sexo com minha batata da perna. Dei-lhe um chute e ele foi se aquietar na sua caminha de edredom no canto da sala.

— O que esse asqueroso tá fazendo aqui?! — reclamei.

Domingas tinha voltado para Recife, sua cidade natal, para morar na casa de uns parentes, pois, sem a filha, não conseguiria mais se sustentar no Rio de Janeiro. Como não podia levá-lo, perguntou se Nicole poderia ficar com ele. A puta achou que seria uma homenagem à amiga morta e aceitou o pulguento em sua casa. O que queria dizer que, além de ter que ir ao Catete para conversar com Nicole, agora eu ainda teria que aturar o mau cheiro no apartamento e as tentativas de sexo com minha batata da perna de Lula.

Roberto estava errado: para o repórter Marcos Sacramento o fundo do poço é sempre mais embaixo.

* * *

Na segunda reunião, Leandro não parecia muito satisfeito com o andamento da investigação. Meu bloquinho também não: a única novidade anotada nele era que Vlad morava no Catete. Claro que Leandro não se animou com minha minguada investigação daquela semana. Além disso, não tínhamos nenhuma ideia para provocar o filho da puta e acho que o Barbosa andava fazendo cobranças, porque Leandro parecia impaciente:

— A gente precisa de alguma coisa de impacto. Senão vamos cair no marasmo e o Barbosa pode mandar suspender a reportagem.

Leandro não sabia bem que coisa de impacto era essa. Eu tinha uma tênue ideia. Tinha que ser algo que deixasse Vlad irritado e o fizesse perder o controle. Eu já estava ficando de saco cheio de correr atrás e não descobrir nada realmente importante. Mas não me vinha nenhuma boa ideia. Nem a Leandro. Ele encerrou a reunião e me mandou pensar em casa.

Almocei rapidamente no bar do Cabral e passei a tarde bebendo e revendo todo o material que tinha, tentando arrancar daquele monte de papel alguma ideia que fizesse o animal pisar na bola. Mas não me veio nada. Acabei dormindo bêbado sobre a papelada e babei o retrato falado de Vlad.

Às três da manhã dei um pulo na cama. Finalmente tinha me vindo uma ideia. Tive vontade de ligar para o Leandro, mas fiquei sem graça de incomodá-lo àquela hora da madrugada.

Enquanto esperava o dia clarear, fui trabalhando a ideia na cabeça. Às seis da manhã ela me pareceu perfeita. Tomei uma ducha fria para espantar o sono, liguei para o Leandro e corri para a redação.

Ele estava de bom humor:

— Que ideia genial foi essa?

— Pelo tom de voz no telefonema, Vlad pareceu ser vaidoso, presunçoso, metido a grande coisa. Afinal o cara se acha imortal. Se inventarmos um perfil psicológico desabonador dele, com certeza vai ligar pra reclamar. A gente inventa que consultou uns psicólogos, pra dar um ar de coisa séria.

Leandro riu. Seu riso foi quase uma gargalhada, o que me fez pensar que ele não estava me levando a sério. Mas quando parou de rir, vi que tinha gostado da ideia:

— É loucura, mas pode dar certo. Vou falar com o Barbosa. Se ele liberar, tá aprovado.

Fiquei achando o Leandro um banana. Tudo ele tinha que falar com o Barbosa. O cara não tinha autonomia, não? Detesto essa gente que não se garante, que não sabe pôr o pau na mesa quando precisa. Alguns minutos depois o banana voltou:

— O Barbosa liberou, pode escrever a matéria.

Comecei imaginando como Vlad seria. Tinha que misturar características de personalidade boas com as ofensivas, senão ele poderia desconfiar. Mas o que o deixaria mais puto da vida?

Vlad devia se achar superior aos outros, afinal, um sujeito que mata com tanta naturalidade deve pensar que alguns seres humanos existem apenas para servir aos outros, no caso dele, como alimento. Essa seria a primeira característica que os "psicólogos consultados" diriam. Aproveitei e fiz um rápido paralelo com a teoria da superioridade de Raskolnikov, em *Crime e Castigo*.

Também não havia como negar que Vlad devia ser inteligente, pois, em oito assassinatos, não deixou pista alguma e só no último foi visto por uma testemunha. A minha primeira brilhante dedução dizia que ele era um sedutor e, portanto, deveria ser atraente, tanto para homens quanto para mulheres. Como não deixava pistas, devia planejar muito bem seus crimes e, portanto, era um detalhista. Já que se apresentava como vampiro, deveria gostar de histórias de terror, suspense e, claro, Drácula. E deve ser forte, pois parece dominar suas vítimas com relativa facilidade.

Introspectivo, solitário e frio foram as próximas características que me vieram. Pobre, perturbado mental e morador do bairro do Catete vieram depois.

Fiquei na dúvida sobre a característica negativa a explorar mais. A primeira opção era dizer que não era bonito, já que ele reclamara disso no episódio da publicação do retrato falado. Mas podia ficar óbvio demais.

Sem ser feiura, qual característica de personalidade mais nos ofende? Burrice. Foi por aí que tentei fisgá-lo. Escrevi que os psicólogos duvidavam de sua inteligência, afinal um sujeito inteligente não seria pobre, não se acharia superior aos outros, nem moraria no Catete.

Leandro riu e disse que ia publicar, com exceção da parte que falava mal do bairro do Catete. Muitos leitores do jornal moravam no bairro. Achei a maior babaquice. Detesto essa gente que vive fazendo concessões.

Na volta para casa, passei na 9ª Delegacia de Polícia. Everaldo achou que estávamos exagerando. Mas eu disse que não queria saber. Já estava de saco cheio de Vlad e queria ir para o tudo ou nada.

Armei um esquema com Everaldo: quando Vlad ligasse, passaria o número do identificador de chamadas para ele, que tentaria descobrir de onde o veado estava ligando. Eu tinha certeza de que ele ligaria de outro orelhão no Catete e, com sorte, poderíamos pegá-lo no flagra. Everaldo duvidou, mas topou. Ia deixar alguém de plantão o dia todo e armar o esquema com a companhia telefônica.

Cheguei em casa com uma vontade fodida de ligar para Nicole e contar nosso plano. Mas lembrei de minhas desconfianças: apesar de não acreditar muito na hipótese de Nicole ser ou estar ajudando Vlad, o melhor era não correr riscos. Em vez disso liguei para Edna, que veio dormir em minha casa. Não preciso dizer que a trepada foi excelente. Eu não estava bêbado e isso ajudou bastante.

* * *

Até meio-dia só três babacas ligaram. Entre eles um psicólogo que não tinha mais o que fazer, querendo os nomes dos colegas que tinham feito a análise da personalidade de Vlad, pois pretendia processá-los no conselho de psicologia do estado. Eu disse que não podia passar tal informação e desliguei. Detesto essa gente que vê problema em tudo.

À tarde, o número de ligações aumentou. Atendi umas trinta pessoas, mas nada do Vlad. De noitinha, Leandro chegou na mesa telefônica já vestindo o paletó para ir embora:

— Nada ainda?

— Nada.

— Será que ele não se irritou com a matéria?

— Impossível, ofendemos a inteligência do veado.

— Ele pode ter percebido que era armação.

— Devíamos ter deixado a parte do Catete. Aí ele ia se ofender.

Leandro riu, ajeitou o paletó e disse que estava indo. Já eram oito e meia da noite. Ninguém ia ligar mais. Quem sabe amanhã. Eu disse que ia ficar mais um pouco. Foi o Leandro sair e o telefone tocou. Era o veado:

— Perfil idiota que fizeram de mim. Quem escreveu aquela babaquice?

Enquanto enrolava Vlad, passei a Everaldo, pelo celular, o número que aparecia no identificador de chamadas. Vlad disse que não podia falar muito, pois tinha certeza que estavam rastreando a ligação. Achei que o único jeito de alongar o telefonema seria ofendê-lo:

— Qualé, Vlad? Um sujeito que mora no Catete não pode ser inteligente.

— Quem falou que eu moro no Catete?

— Eu sei que mora. Pobres costumam morar no Catete. Pobres de inteligência, de espírito, de dinheiro...

Vlad riu:

— Eu não preciso de dinheiro. Tenho a eternidade.

— Só um idiota iria se achar imortal. Ainda mais vampiro. Você é uma fraude.

— Você acha? Então vem me visitar. Mas vou avisando: será uma visita sem volta.

Comecei a pegar pesado:

— Se você me der o seu endereço eu vou. Mas você não vai ter culhão pra isso, seu morador do Catete de merda! Teu QI deve ser 23, seu imbecil! E nem bonito você deve ser, só pega essas barangas do Catete!

Vlad pareceu se irritar e respondeu com voz firme:

— Tive uma ideia melhor: eu vou te visitar.

Explodi:

— Quando? Agora? Vem! Vem!

— Não seja ansioso, Marcos Sacramento. Nós temos todo o tempo do mundo. Qualquer dia desses, apareço no seu apartamento. Ah, e lava bem o pescoço que eu detesto gente suja.

E desligou. Liguei imediatamente para o celular do Everaldo, que perguntou:

— Ele desligou agora?

— Nesse segundo.

— Puta que pariu!

— O que houve?

— Acabamos de chegar no orelhão do Largo do Machado, de onde ele estava falando. Mas não tinha ninguém, só o fone pendurado e balançando.

— Ele ainda deve estar na praça! Dá uma geral!

— Tá maluco?! A praça tá lotada de gente a essa hora e só tô eu e mais um policial.

— Impressão digital?

— Num fone de orelhão? Esquece. Como foi a conversa?

Brinquei:

— Ele disse que ia chupar meu sangue.

Everaldo riu:

— Compra um crucifixo e enche a casa de alho.

— O crucifixo já tenho. Só falta o alho — brinquei de volta.

De repente me toquei:

— Caralho! Ele sabe meu nome!

— Claro que sabe. Deve ter lido nas matérias no jornal.

— Não! Nós não temos publicado o meu nome nas matérias. E na redação está todo mundo avisado pra não dizer o meu nome se ligarem perguntando.

— E como é que você sabe que ele descobriu o seu nome?

— Ele falou: "não seja ansioso, Marcos Sacramento. Nós temos todo o tempo do mundo." Marcos Sacramento! Ele falou Marcos Sacramento! Como é que o filho da puta sabe o meu nome?

— Bom, se ele sabe o teu nome deve saber mais coisas sobre você.

— Fodeu!

Everaldo foi de uma sensibilidade e tanto:

— É, fodeu mesmo.

* * *

Apesar da chuva fina que caía lá fora, fazia calor dentro da 9ª Delegacia de Polícia. Everaldo estava puto. Perguntei se o problema era comigo. Ele disse que era e não era. Antes de qualquer coisa, estava puto com ele mesmo, por ter deixado que eu me metesse naquela roubada. E estava puto comigo, sim, por eu ter desafiado Vlad daquela maneira.

— Você foi muito infantil. Agora está correndo risco de vida e eu não tenho como te dar proteção.

Eu disse que não precisava. Não acreditava nas ameaças de Vlad:

— Esse cara é um bufão. Não vai fazer nada comigo.

Não sei bem por que disse aquilo. Claro que eu estava com medo. Mas então por que estava mentindo? Só para não dar o braço a torcer de que tinha feito besteira. É a minha cara isso. Everaldo me pôs mais medo ainda:

— Esse maluco já matou oito. Pra matar mais um não custa. Você provocou o cara. Vai ter volta, pode escrever. A sua única vantagem é que ele deve estar puto e, na afobação de se vingar, pode dar algum vacilo. Mas se eu fosse você, me cuidava.

— Me cuidar?

— É. Evita ao máximo andar sozinho, lugares ermos e fica com o celular ligado o tempo todo. Qualquer problema, me liga. E toma isso aqui — disse, me esticando uma pistola — cuidado que tá carregada.

Quando toquei no metal frio da pistola é que percebi completamente a grande merda em que tinha me metido: agora minha vida corria perigo. Ainda tentei recusar a oferta da pistola, mas Everaldo não me deu opção e foi colocando o berro dentro de minha pasta:

— Você sabe atirar?

— Não.

— Então aprende. Faz uma aula de tiro com o Adalberto — e rabiscou num papel um endereço e um telefone — ele é meu chapa, só vai te cobrar a aula. As balas, que é o mais caro, vai te dar de graça. Uma aula é suficiente.

— Mas eu não tenho porte de arma. Como é que vou andar armado por aí?

— Não faz mal. Anda com ela o tempo todo. Se algum policial te pegar, liga pra mim que eu resolvo.

Andar por aí com uma pistola é uma coisa esquisita. Você fica com a certeza de que pode matar qualquer pessoa. Tudo bem, mesmo sem uma arma, qualquer um pode matar outra pessoa. Mas não qualquer pessoa. Você até pode tentar matar um cara forte, com pinta de lutador e dois metros de altura. Mas é muito pouco provável que consiga. Mas com uma arma, você pode matar qualquer um. Forte, fraco, homem, mulher, maníaco...

Não que eu, como Raskolnikov, estivesse pensando em matar mais alguém. Minha cota de assassinatos na vida já estava completa. Mas é estranho saber que, se quiser, você pode acabar com a vida de outra pessoa. A gente se sente poderoso. Deve ser por isso que tem tanta gente escrota no mundo. É só comprar uma arma que eles acham que podem tudo. Aliás, tem gente que parece ter uma arma incrustada na alma.

E as reações das pessoas a uma arma são as mais variadas. A de Edna, por exemplo, foi muito estranha. Seus olhos brilharam e tive que tirar a pistola de sua mão antes que disparasse, tamanha a excitação em que ficou. Guardei a arma na gaveta e Edna começou a me agarrar feito uma doida:

— Ai, que tesão, Marcos! Me come! Me come!

Fizemos um sexo selvagem e depois, extenuado na cama, pensei que uma pistola pode ser um grande afrodisíaco para algumas mulheres. Edna parecia ser uma delas.

Mas que mulher era aquela que ficava doida de tesão porque seu homem agora tinha uma pistola?!

* * *

— Uma vendedora de loja. Só uma vendedora de loja ficaria com tesão por um homem que tem uma arma.

Roberto, aquele veado enrustido, parecia feliz com a reação de Edna, talvez achando que sua teoria nazista sobre vendedoras tinha se confirmado graças ao estúpido tesão de Edna. Mas eu não o convidara para almoçar para falar de Edna. Queria contar os últimos acontecimentos e do curso de tiro onde faria minha primeira aula naquela tarde.

— Você é maluco. Tá se enrolando cada vez mais nessa história. Será que não é melhor sumir por uns tempos até a confusão esfriar?

Eu sabia que estava me metendo em confusão e que minha vida estava em perigo. Mas estava gostando da novidade. Sua perspectiva de vida muda quando a morte está próxima. Além do mais, eu não tinha nada a perder. Minha vida estava uma merda e seria até divertido arriscá-la. Eu provocara Vlad, agora tinha que aguentar. Roberto ponderou:

— Bom, se você quer arriscar sua pele, tudo bem. Mas não acho justo colocar em perigo a vida da coitada da vendedora de loja também — disse, mostrando uma inusitada compaixão por Edna — talvez seja melhor você se afastar dela até essa confusão terminar.

Concordei. Depois do almoço passei no *shopping* onde Edna trabalhava. Expliquei a situação, falei do perigo que ela poderia correr se continuássemos nos encontrando e propus que ficássemos sem nos ver até a poeira baixar. Edna me olhou com uma cara estranha:

— E a putinha? Você vai ficar sem ver ela também?

— Que putinha?

— Deixa de ser cínico, Marcos. Você sabe muito bem de quem eu tô falando: da Nicole.

Respondi que era diferente. Nicole fazia parte da investigação, era até um pouco suspeita também, apesar de eu não acreditar muito nessa hipótese. Edna estourou:

— Tá me achando com cara de otária, é? Você tá querendo me dispensar pra poder comer a vagabunda, né?

Achei que Edna tinha pirado. Nicole era uma prostituta, eu jamais teria nada com ela por causa da minha virgindade mundana. Além do mais, desde que Lula se mudara e infectara o apartamento dela com seu cheiro, nossos encontros passaram a acontecer na rua, enquanto ela passeava com o cachorro.

— Você acha que eu vou comer a Nicole na rua?

Edna não quis saber. Disse que não ia deixar o caminho livre para a "vagabunda":

— A não ser que você queira terminar comigo e esteja usando a história do Vlad como desculpa. É isso?

— Claro que não. É só pra te proteger mesmo.

— Então eu não vou me afastar. E pode avisar isso praquela putinha.

Não entendo esse ciúme maluco que Edna sente de Nicole. Nem seu tesão louco por homens armados. Depois da conversa, ela me levou para um canto discreto da loja e perguntou se a pistola estava comigo. Eu disse que sim, estava indo para a aula de tiro. Edna me fez mostrar a arma na cintura e, ao vê-la, me puxou para dentro de um dos provadores de roupa, onde demos uma trepada rápida, fogosa e cheia de tesão. Minha namorada é uma mulher muito esquisita.

* * *

O professor de tiro era um ex-sargento da PM que agora estava na reserva. Eu quis saber por que motivo se aposentara, pois ainda era novo. Adalberto não gostou de assunto:

— Vamos começar a aula?

Toda a técnica de tiro, segundo Adalberto, consistia em segurar a arma e fazer a mira com correção. Feito isso, não havia erro.

O cabo da pistola deveria encaixar firme e perfeitamente no V formado pelos dedos polegar e indicador e a outra mão deveria simplesmente envolver a primeira, dando apoio e firmeza. Ao fazer a pontaria, o dedo indicador já deveria estar levemente apoiado no gatilho, mas apenas nesse momento. Ao tirar a arma do coldre, por exemplo, o gatilho deveria estar livre, pois um dedo ali poderia fazer a arma disparar e se cometer o ridículo de dar um tiro no próprio pé.

— Depois é só esticar os braços, encaixar a massa na alça e mandar ver — disse Adalberto, atirando e acertando em cheio o alvo — não tem erro.

Massa é aquela saliência na ponta do cano da arma que serve para fazer a pontaria. E a alça uma espécie de baliza no início do cano. A menos de dez metros de distância, quando você consegue alinhar a alça, a massa e o alvo, é praticamente impossível errar um tiro.

Nas primeiras tentativas, o ricochete da pistola sempre me fazia errar. Adalberto me corrigiu:

— Não é o ricochete que tá te atrapalhando. É o teu indicador no gatilho. Você tá apertando essa porra como se fosse espremer uma laranja. Não precisa de força, é só jeito. Experimenta.

Com a nova instrução minha performance melhorou e eu já não errava mais o alvo. Adalberto me ensinou outra técnica que facilitava mais ainda:

— Se você já deixar o cão puxado, é só tocar bem de leve no gatilho que a arma dispara.

Cão é a parte da arma que bate na base da bala e a faz disparar. Fiz o teste e vi que Adalberto tinha razão. Com o cão puxado, bastava um leve toque no gatilho e a arma disparava com suavidade.

— É claro que nem sempre dá pra fazer isso. Numa emergência, você vai sacar a arma e atirar direto, sem tempo pra puxar o cão. Mas tendo a oportunidade, é muito melhor.

Não dá para negar que o barulho de uma arma sendo preparada para atirar é excitante.

— O cu da bandidagem fecha quando ouvem o barulho do cão armando — disse Adalberto com uma estranha excitação nos olhos.

Passei a tarde atirando e me saí muito bem. Em pouco tempo já não errava nenhum tiro, acertando em qualquer parte do manequim. Adalberto parecia feliz:

— Já pode entrar pra polícia. Tá melhor que muito PM por aí.

Agradeci, mas disse que preferia continuar com o jornalismo:

— Minha vida já tá complicada o suficiente.

Adalberto riu pela primeira vez e terminou a aula. Quando eu estava saindo, gritou de longe:

— Não esquece: é só encaixar a massa na alça!

* * *

Nicole chegou em minha casa no meio da tarde. Chovia lá fora e uma gota de chuva tinha caído embaixo de seu olho direito, lembrando uma lágrima e dando a impressão de que chorara por apenas um olho. A luz que entrava pela janela do escritório refletia na falsa lágrima de Nicole, criando um efeito bonito. Mas logo lembrei de seu Noronha, personagem de *Os sete gatinhos*, de Nélson Rodrigues, o demônio que chorava por um olho só e prostituíra suas filhas. Tive um estremecimento e toda a beleza da cena se dissipou quando lembrei que desconfiava de Nicole. Ela quis saber o que tinha acontecido:

— Você está esquisito.

— Tem uma gota de chuva no seu rosto — eu disse, disfarçando.

Nicole secou a falsa lágrima e perguntou por que a tinha chamado. Expliquei que depois da ameaça de Vlad eu praticamente parara com as investigações, esperando que ele viesse atrás de mim. Apesar de estar gostando da adrenalina, confesso que passei dias de angústia, afinal, tinha sido ameaçado de morte pelo assassino mais procurado da cidade e não podia fazer nada, só esperar que ele aparecesse. Nos primeiros dias, via suspeitos por todo lado e me assustava com qualquer barulho dentro de casa. Mas o medo cansa. Agora estava de saco cheio daquela espera e até sentia uma ponta de frustração cada vez que uma de minhas suspeitas se dissipava. Nos últimos dias estava querendo que Vlad aparecesse logo para acabar com aquela espera insuportável. Mas não havia sinal de que ele cumpriria sua promessa de me visitar. Lembrei de suas palavras: "Não seja ansioso, Marcos Sacramento. Nós temos todo o tempo do mundo." O babaca devia estar se divertindo, imaginando o sofrimento pelo qual eu estaria passando. Mas eu não ia dar esse gostinho ao filho da puta. Como nada acontecia, resolvi retomar a investigação. Pelo menos assim não ficaria louco com a espera. Por isso tinha ligado para Nicole, pedindo que ela viesse até minha casa, uma vez que Lula continuava empesteando seu apartamento e eu não aguentava mais ir ao Catete. Claro que marquei o encontro numa hora em que Edna estava trabalhando.

Passamos a tarde conversando sobre Vlad e Solange e anotei algumas coisas a investigar no dia seguinte. Tentei descobrir, no meio de suas frases, alguma coisa que indicasse que ela estava ajudando Vlad. Mas não percebi nada. Nicole parecia sincera e eu praticamente abandonei a hipótese de ela estar ajudando Vlad. Como já estava quase na hora de Edna chegar, agradeci e pedi que Nicole fosse embora, explicando-perguntando:

— Você já reparou que a Edna não topa muito você, né?

Nicole me sacaneou mais uma vez:

— Já. Mas não fica chateado, não. Vou comprar uma coleirinha escrito "Edna" pra pendurar no seu pescoço. Quem sabe assim a sua namoradinha sossega.

Pelo menos a puta tinha humor. Edna chegou meia hora depois. Jantamos e transamos. Já falei que Edna é meio puta na cama, faz a coisa com gosto. Não que para fazer a coisa bem feita a mulher necessite ser puta. Mas as mais vadias, vamos combinar, fazem gostoso. Além disso, Edna fez balé durante muitos anos e tem uma abertura de pernas escandalosa. Uma vez transamos no corredor do meu apartamento, ela encostada na parede. Enquanto a penetrava, Edna esticou uma das pernas, que passou por cima da minha cabeça e foi descansar lá no alto da parede oposta. Não sei como conseguia fazer isso, mas era bom demais. Dessa vez, entretanto, não houve estripulias. O sexo durou umas duas horas, mas foi tranquilo, pelo menos para o padrão das trepadas com Edna. Estava pensando nisso no silêncio de depois quando Edna começou a roncar a meu lado. Depois de transar, Edna agia como um homem: dormia e roncava. Nenhuma mulher, por mais bonita e sensual que seja, consegue ficar atraente roncando na cama de boca aberta. Agora sei por que as mulheres reclamam de nós, homens. Não é a falta de atenção que incomoda, mas o grotesco da cena. Aquilo me tirou o sono e fui para o escritório.

Ia pegar de novo na papelada de Vlad, mas um papel diferente, preso no meu quadro de cortiça, me chamou a atenção. Era um bilhete impresso em computador:

Se prepara, na próxima visita vou chupar seu sangue.
Vlad

Gelei. O filho da puta tinha entrado no meu escritório! Mas como?! Peguei a pistola na gaveta da mesa e verifiquei a casa toda. A única coisa estranha era Edna que continuava a roncar no meu quarto. Verifiquei todas as portas e janelas, tudo parecia estar como eu tinha deixado, nenhuma delas arrombada. A única janela aberta era a da sala, mas moro no quarto andar, seria impossível alguém entrar por ali, a não ser que viesse voando. Como o filho da puta tinha conseguido entrar?!

Minha busca pela casa acabou acordando Edna que entrou no escritório perguntando o que estava acontecendo. Mostrei o bilhete e ela fez a mesma pergunta que eu, usando o mesmo palavrão:

— Como o filho da puta entrou aqui?!

Aí me caiu a ficha:

— Nicole! Ela esteve aqui hoje de tarde!

Edna estrilou:

— O quê?! Aquela putinha esteve aqui de tarde e você não me contou?! O que foi? Treparam finalmente, é?

Edna virou um bicho, me acusou de estar tendo um caso com Nicole, aquelas coisas de mulher. Como minhas explicações não a acalmavam, tive que virar um bicho maior para fazê-la se calar. Afinal eu estava correndo risco de vida e ela estava preocupada com a puta da Nicole?! Edna finalmente se acalmou e perguntou se eu achava mesmo que Nicole ajudava Vlad. Respondi que a hipótese explicava muita coisa:

— A dura que me deu quando a segui; o fato de Vlad saber meu nome quando ligou pro jornal; talvez ela até tenha facilitado o caminho no assassinato de Solange; e hoje de tarde, sonsa, largou o bilhetinho no meu quadro de cortiça pra me assustar.

— E o que você vai fazer? — quis saber Edna — entregar Nicole à polícia?

Achei melhor não. Eu agora tinha uma vantagem sobre eles: Nicole não sabia que eu sabia de que lado ela estava. Podia armar algum plano e, com sorte, conseguiria chegar em Vlad.

— Eu sabia que essa putinha não era flor que se cheirasse. Mas você nunca acreditou em mim — desabafou Edna.

Então o ódio que Edna sentia por Nicole não era tão gratuito assim. Mulheres costumam ter um sexto sentido que falta a nós homens. Não foi à toa que aquela gota de chuva no olho de Nicole me lembrou seu Noronha, o demônio que chorava por um olho só e prostituíra as filhas na peça de Nelson Rodrigues. Nicole era um demônio do Catete. Um demônio de coxas tentadoras.

Preciso urgentemente rever essa minha atração por coxas esculturais.

* * *

Quatro garrafas de cerveja me olhavam da mesa da cozinha enquanto eu virava a quinta e última dose de vodca, oriunda de uma garrafa quase no fim que eu achara escondida no fundo do armário. Não lembro como nem por que aquela garrafa foi parar ali, mas sem dúvida foi um grande achado. A descoberta de que Nicole estava ajudando Vlad me deixou num mau humor fodido. Depois reclamam que falo palavrão e vivo me queixando do mundo. O que é um palavrão, uma reclamação, comparado ao que Nicole está fazendo comigo?

Acordei tarde, sem vontade para nada e pensando em como esse mundo é escroto. Eu achando que estava ajudando Nicole e a puta me fodendo pelas costas. Lá pelas três da tarde a fome bateu, mas, em vez de almoçar, bebi as quatro garrafas de cerveja que Edna trouxera no dia anterior. Quando acabaram, achei pouco e varri a cozinha atrás de mais alguma coisa. Foi quando achei a providencial garrafa de vodca escondida atrás de um saco de farinha de trigo vencido no fundo do armário. Passei a tarde na cozinha, amaldiçoando o mundo, bebendo e ouvindo CDs. Quando levantei para ir ao banheiro pela sexta vez, tropecei no fio do toca-cds, que caiu e se espatifou no chão.

Por mim, deixava para lá. Mas Edna adorava ouvir música.

— Casa sem música me deprime — dizia.

Principalmente no sexo, a música era fundamental para Edna. Por isso desci e levei o aparelho até uma eletrônica na esquina para ver se tinha conserto. Tinha, mas muito caro. Na verdade não era caro. Eu que estava fodido de grana. Como sempre. Perguntei se o técnico não queria comprar o toca-cds no estado e ele me ofereceu trinta reais. Aceitei e com o dinheiro comprei mais quatro cervejas e uma nova garrafa de vodca, de uma marca ruim, mas melhor do que a que acabara de beber.

A noite me encontrou completamente bêbado. Foi quando lembrei que a transação comercial com o toca-cd poderia prejudicar minha vida sexual. Achei que em algum armário deveria haver outro toca-cd velho e fui procurar. Mas só encontrei uma velha e decrépita vitrola portátil que ainda funcionava. Mas de que adiantava se eu não tinha mais nenhum vinil? Voltei ao armário:

— Deve ter ficado algum esquecido por aí, igual à garrafa de vodca no armário da cozinha.

Vasculhei armários e a única coisa que encontrei foi um compacto simples com a mesma música gravada em ambos os lados: o bolero de Osvaldo Farrés, *"Quizás, quizás, quizás"*. Não sei como aquele disco foi parar no meio dos meus pertences. Tenho certeza de que nunca comprei algo semelhante. Mas dei de ombros. Era música, Edna não poderia reclamar. Coloquei o disco na vitrola. Funcionou perfeitamente. Não sei se foi o porre, mas adorei o bolero e tirei a vassoura para dançar.

"Siempre que te pregunto
Que, cuándo, cómo y donde
Tú siempre me respondes
Quizás, quizás, quizás

"Y así pasan los dias
Y yo, desesperando
Y tú, tú contestando
Quizás, quizás, quizás

"Estás perdiendo el tiempo
Pensando, pensando
Por lo que más tú quieras
¿Hasta cuándo? ¿Hasta cuándo?

O bolero cubano e minha esquálida parceira de dança me encheram de uma felicidade inexplicável e sem sentido. Estou levando uma vida de merda, vivo duro, acabei de ser jurado de morte e levar uma facada nas costas de Nicole e ainda fico feliz com um bolero cubano e uma vassoura de cozinha. Devo estar ficando maluco.

Não lembro como nem quando dormi. Só sei que acordei às cinco da manhã deitado no chão frio da cozinha, com uma ressaca fenomenal e uma ideia fixa na cabeça: seguir a filha da puta da Nicole e descobrir se era com Vlad que ela se encontrava todas as manhãs.

* * *

Apesar de mal escrito, o Manual do Investigador da Polícia Civil dava boas dicas de como seguir um suspeito sem ser percebido. Li o manual com atenção redobrada: primeiro para conseguir entender as mal traçadas linhas; segundo para não ser flagrado de novo por Nicole. Talvez estivesse próximo de Vlad, não podia vacilar dessa vez.

Algumas dicas do manual eram impossíveis de serem utilizadas, como a que dizia que o ideal é ter três pessoas se revezando para o seguimento, de preferência de sexos diferentes. Eu estava sozinho naquela merda de investigação e ia ter que me virar para não ser pego por Nicole de novo. As outras dicas ajudavam: fazer o seguimento sempre na calçada oposta ao do suspeito; usar roupas neutras, sem cores berrantes ou desenhos marcantes; perucas, bonés, jaquetas e óculos escuros são sempre bem-vindos e devem ser trocados de tempos em tempos para despiste. Um jornal também ajuda. E bilhetes de metrô e dinheiro trocado (para o caso do suspeito entrar no metrô ou num ônibus de repente).

Me equipei da maneira que pude e voltei à padaria vagabunda em frente ao prédio de Nicole. Mas nada da puta descer. Somente às dez horas ela apareceu. Mais uma vez estava vestida de maneira simples, mas charmosa. Nem lembrava a puta e a filha da puta que era. Comecei o seguimento com uma jaqueta de brim azul marinho. Ela seguiu até o ponto de ônibus da rua das Laranjeiras. Ali, discretamente, tirei a jaqueta e coloquei um boné azul claro e óculos escuros. De quando em vez, Nicole olhava ao redor, como se tivesse medo de estar sendo seguida. Numa de suas olhadas, quase me flagrou. Mas eu não ia dar esse mole de novo para a filha da puta. Sua preocupação me deu a certeza de que estava no caminho certo. Estava muito perto de descobrir quem era Vlad e por que a piranha o ajudava. Verifiquei a pistola em minha cintura e entrei no mesmo ônibus que ela, um circular que ia para a zona sul. Sentei uns seis bancos atrás e abri o jornal.

Num ponto perto da rua Lopes Quintas, já no Jardim Botânico, ela desceu e subiu a Pacheco Leão em direção ao Horto. Andou muito até chegar à rua Barão de Oliveira Castro, uma paradoxal rua do bairro, onde convivem harmoniosamente casas de luxo e edifícios fodidos com apartamentos pequenos e decrépitos. Nicole entrou num deles, no térreo. Aguardei bom tempo atrás de uma árvore.

Por volta das duas da tarde ela e um sujeito alto, com aproximadamente vinte e poucos anos, saíram do prédio e começaram a descer a rua, conversando animadamente. Tirei o retrato falado de Vlad do bolso e o comparei com o sujeito. Havia semelhanças. Ambos tinham traços finos, eram altos, cabelos lisos e medianamente compridos. Então era ele o Vlad?

Os dois voltaram à rua Pacheco Leão onde se separaram com dois beijinhos no rosto num ponto de ônibus. Nicole pegou um ônibus que com certeza a levaria de volta para casa e o sujeito ficou à espera de outro. Deixei Nicole para lá e optei por seguir Vlad.

Quase na esquina da Pacheco Leão com a Jardim Botânico, ele desceu do ônibus e entrou numa loja de material de construção. Entrei atrás para descobrir o que ia comprar: um martelo e duas pontas de metal, dessas de pedreiro. Uma compra sugestiva: será que era para cravar no coração de alguém? Depois voltou para casa e não saiu mais.

No início da noite corri até a 9ª Delegacia de Polícia e contei a Everaldo minhas novas descobertas. O veado discordou:

— Não acredito que essa puta esteja ajudando o Vlad. Pra que ela faria isso? O cara matou a melhor amiga dela.

— Mas como você explica a porra do bilhete no quadro de cortiça do meu escritório?

Everaldo não tinha explicação, mas disse que, pela minha lógica, Edna também era suspeita, afinal ela também estivera na minha casa antes do bilhete aparecer. E ainda curtiu com a minha cara:

— Você não disse que tinha certeza que o Vlad morava no Catete? Como é que ele agora me aparece morando no Horto? — disse rindo, o babaca.

Desisti de conversar com o veado e fui saindo. Everaldo me fez esperar:

— Eu acho que você está errado, mas por via das dúvidas, não deixa a Nicole saber das suas suspeitas.

— Por quê?

— Porque, na hipótese pouco provável de ela estar mesmo ajudando Vlad, se souber que você desconfia dela, vai parar de se comunicar com ele. Aí você fica sem ter como chegar no cara, entendeu?

Agradeci o conselho técnico e disse que já tinha pensado nisso. Passei no jornal e contei minhas últimas descobertas a Leandro. Ele se animou com a possibilidade do sujeito do Horto ser Vlad e disse que eu tinha que colar no cara para conseguir alguma prova.

— É até melhor que o Everaldo não acredite nessa hipótese. Assim ficamos com a investigação só pra nós. Cola nesse sujeito a partir de amanhã, Marcos — ordenou.

Voltei para casa. Edna chegou em seguida. Olhei atentamente para ela, tentando descobrir se a suspeita de Everaldo poderia ter algum fundamento. Mas a fala de Edna me provou que não:

— Você matou as quatro cervejas que eu trouxe ontem?! Porra, não deixou umazinha pra mim?! Que egoísmo, Marcos.

Uma pessoa que se preocupa com quatro garrafas de cerveja na geladeira jamais poderia ser colaboradora de um *serial killer*. Já Nicole, aquela piranha esquisita e dissimulada, sim. Edna estava mais preocupada em entender o que aquela vitrola portátil estava fazendo no meu quarto. Eu disse que o som tinha quebrado e ela pôs o compacto para tocar. Odiou:

— Só tem isso pra gente ouvir?!

— É isso ou nada.

— Mas esse disco só tem uma música. A gente vai ter que parar de transar a toda hora pra botar o braço da vitrola de novo no início!

— É isso ou nada — repeti.

Edna fez uma cara contrariada e entrou no banheiro, dizendo que preferia tomar uma ducha a transar com aquela música.

Sabia que vender o toca-cd ia atrapalhar minha vida sexual.

* * *

Apesar de tudo, consegui convencer Edna a transar com "*Quizás, quizás, quizás*" ao fundo. No final ela até gostou do bolero:

— É quente — disse.

Dormimos logo depois e no dia seguinte Edna saiu cedo. Era sábado e peguei um ônibus para ir à casa de Vlad. Cheguei no prédio decrépito da Barão de Oliveira Castro por volta das nove da manhã. Nenhum movimento no apartamento térreo. Lá pelas onze Nicole chegou. Os dois ficaram conversando na sala, que tinha uma janela de onde eu poderia acompanhar a conversa. Me aproximei com cuidado e sentei bem embaixo. Mas não conseguia ouvir o que diziam. Ouvia rumores das vozes, mas era impossível entender as palavras. De repente, uma gritaria lá dentro. Ouvi Vlad chamar Nicole de piranha e olhei pela janela. O animal agarrava Nicole, que tentava se desvencilhar. Quebrei o vidro da janela com o pé e entrei na sala com a pistola apontada:

— Parado aí, Vlad!

Assustados, Nicole e Vlad responderam com a mesma pergunta:

— Vlad?!

Vlad começou a tremer e, muito assustado, pediu que eu tivesse calma:

— Pode levar o que quiser, mas não atira, por favor.

Achei a frase idiota para um sujeito que quebrara o pescoço e chupara o sangue de oito pessoas. Talvez tivesse cometido um engano. Nicole pareceu se irritar e confirmou minhas suspeitas:

— Você ficou maluco, Marcos?! Larga essa arma, esse cara não é o Vlad!

— Não? Quem é ele então?

Nicole estava furiosa:

— Idiotas! Os dois!

Ela virou as costas e saiu do apartamento irada. Vlad, ou o sujeito que eu pensara ser Vlad, ficou me olhando, ainda assustado:

— Você conhece a Nicole? Então não é um assalto?...

Eu disse que não era assalto porra nenhuma e expliquei rapidamente minhas suspeitas. O sujeito começou a rir e me chamou de maluco. Mas depois olhou para sua janela e ficou irritado:

— E quem é que vai pagar o meu prejuízo?!

Sem graça, eu disse que isso era um detalhe e saí pela mesma janela por onde entrara. Desci a rua correndo e consegui pegar Nicole ainda no ponto de ônibus:

— Você me seguiu de novo, idiota?

— Quem é esse cara?

— Não é da sua conta. E para de me seguir!

Um ônibus parou e Nicole entrou. Eu fiquei sentado no ponto de ônibus, arrasado.

* * *

— Que babaquice! Que babaquice!

Everaldo parecia irritado.

— Tá irritado por quê? Quem pagou mico fui eu.

— O mico é o de menos. Você quase arrumou uma merda com a pistola que te emprestei. E deixou a Nicole saber que suspeita dela. Que babaquice, que babaquice!

Everaldo tinha razão. Tinha agido como um perfeito idiota e agora, se Nicole estivesse mesmo ajudando Vlad, eu jamais saberia. Fui para casa arrasado.

Enchi um copo com vodca e o virei de uma vez. Será que eu nunca daria uma dentro na vida? Depois do segundo copo, fiquei mais conformado. Comecei até a achar divertido ter entrado na casa do cara pela janela da sala apontando uma pistola. O terceiro copo me deixou indignado com Nicole. Ela era a culpada de tudo. Tinha me feito fazer aquela merda e não queria contar quem era o tal sujeito e por que sumia todas as manhãs. Decidi ir até a casa dela tomar satisfações.

Nicole também estava puta comigo. Não aceitava minha desconfiança e também não queria me dizer o que fazia toda manhã.

— Então como você explica o bilhete do Vlad no quadro de cortiça do meu escritório?

— Eu não tenho que explicar nada. Você é que tem que me dar explicações. E muitas! Desconfiar de mim?! Eu ajudando o Vlad?! O cara que matou minha melhor amiga!

E começou a chorar. Seu choro me comoveu, tentei me aproximar, mas ela me repeliu com um safanão e abriu a porta:

— Sai da minha casa! Sai!

Voltei para casa e fiquei ouvindo "*Quizás, quizás, quizás*", enquanto matava a garrafa de vodca. Edna me encontrou num estado deplorável e tentou me animar. Disse que eu não podia desistir, tinha que desmascarar Nicole. Tinha vacilado, mas não queria dizer que estivesse errado.

— Segue a piranha de novo.

— Agora que sabe das minhas suspeitas, ela vai parar de se encontrar com o Vlad.

— Se parar, é porque tem culpa no cartório. Segue ela mais uma vez e você vai saber.

Resolvi seguir Nicole novamente, mas não no dia seguinte, que era domingo. Tirei o dia de folga e ficamos bebendo, trepando e ouvindo "*Quizás, quizás, quizás*" o dia todo. Um domingo cubano.

Na segunda-feira, numa meia ressaca, às seis da manhã, eu já estava de prontidão na padaria vagabunda em frente ao prédio de Nicole. Às seis e meia ela desceu. Consegui segui-la sem ser visto até o ponto de ônibus da rua do Catete. Dessa vez ela não pegou um ônibus para a zona sul e sim em direção ao Centro, como da primeira vez. Sentado cinco bancos atrás dela, confesso que senti uma ponta de felicidade por ela estar indo mais uma vez ao seu misterioso compromisso matinal. Talvez significasse que não tinha culpa no cartório. Ou achasse que, com o mico que pagara no sábado, eu largaria das minhas suspeitas e a deixaria em paz.

Eu pensava nessas coisas quando o ônibus chegou na Praça XV e Nicole tocou a campainha. Desceu a Presidente Antonio

Carlos no sentido contrário ao trânsito, atravessou a rua e entrou na faculdade de direito Cândido Mendes.

— Caralho. O que ela vai fazer numa faculdade?!

Nicole entrou numa das salas, sentou numa carteira, tirou de sua mochila um livro e ficou lendo.

— Será que a vagabunda percebeu que estava sendo seguida e entrou aqui pra disfarçar?!

Um tempo depois, o falso Vlad da Barão de Oliveira Castro também entrou na sala. Foi falar com Nicole, mas ela virou a cara e foi sentar longe dele. Fiquei zanzando por ali e volta e meia olhava lá para dentro. Ela continuava lendo o livro e o falso Vlad não chegou mais perto dela. Algum tempo depois um professor com cara de babaca entrou e começou a fazer a chamada. O nome de Nicole foi chamado e ela respondeu:

— Presente.

Fiquei descadeirado. Eu achando que Nicole colaborava com Vlad em seus sumiços matutinos e ela estava fazendo faculdade de direito. Esperei que as aulas terminassem e a abordei na saída do prédio:

— Então é isso que você faz todas as manhãs?

Nicole não gostou de saber que eu a tinha seguido novamente. Ainda tentou me dar outro esporro, mas eu perguntei por que ela não me contava logo toda a verdade:

— Vai simplificar tudo.

Nicole concordou e perguntei se ela não queria almoçar comigo no bar do Cabral enquanto me contava a história:

— Eu pago.

Ela concordou, apesar de reclamar da escolha do restaurante:

— A comida do bar do Cabral é horrível.

— Mas onde é que se pode comer um pratão daqueles por menos de dez pratas?

Nicole balançou a cabeça, riu e aceitou:

— Tá bom, vamos.

Sentamos, fizemos o pedido e uma cerveja foi posta em nossa frente pelo Cabral. Nicole contou sua história. Não aguentava mais a vida de puta e tinha decidido largar a profissão. Arnaldo, o tal cliente que a adorava e a levara a Belo Horizonte, era advogado e prometeu arranjar um estágio em algum escritório de amigos se ela conseguisse se formar. Estava terminando o último período e logo começaria a estagiar.

— Mas por que escondeu isso de mim? Você devia se orgulhar, não esconder.

Nicole contou que tinha vergonha:

— Uma puta virar advogada?...

Além disso, não tinha certeza se ia dar certo. Sabia que levava jeito para dar prazer aos homens na cama em troca de dinheiro. Mas quanto a advogar... Tinha muito medo de fracassar, por isso escondeu a história de todos. Ninguém sabia de nada, nem Solange, sua melhor e defunta amiga.

— Se não der certo, o vexame é menor — concluiu, sem graça.

Durante muito tempo conseguiu esconder o segredo de todos. Só ela e Arnaldo sabiam. Havia também mais um motivo para a discrição: se soubessem que era puta, seu futuro estágio poderia ser prejudicado. Por isso precisava ser o mais discreta possível e quanto menos gente soubesse, melhor. Pediu, implorou, que eu não contasse nada a ninguém.

— Fica tranquila. Achei sua história muito legal. Tô torcendo por você. Não vou contar a ninguém.

Nicole gostou e acariciou a minha mão:

— Obrigada. Já basta aquele idiota do Cláudio ter descoberto também.

Cláudio era o falso Vlad da Barão de Oliveira Castro. Ele também fazia o curso de direito, costumavam estudar juntos, mas, de uns tempos para cá, cismou que queria transar com ela e Nicole não queria.

— Só que agora o cara tá me chantageando. Ele descobriu que eu sou prostituta e está ameaçando contar pra todo mundo se eu não transar com ele. A briga na casa dele no sábado, quando você entrou pela janela, era por causa disso.

— Que imbecil.

— Tá cheio de gente assim no mundo...

Mudamos de assunto e Nicole contou que Arnaldo estava lhe dando uma grande oportunidade com o estágio, não podia desperdiçá-la. Aliás, o cliente, agora praticamente um grande amigo, estava sendo maravilhoso. Nunca ninguém tinha feito por ela o que ele estava fazendo.

— Desse jeito vocês vão acabar casando — brinquei.

— É o que ele quer.

— Mas outro dia mesmo você disse que achava que ele nunca toparia assumir uma relação com uma ex-prostituta.

— Disse, mas o Arnaldo não para de me surpreender. Anteontem me levou numa festa na casa de uns amigos. Claro que no meio deles tinha um ex-cliente meu.

— E aí?

— O Arnaldo me deu uma verdadeira prova de amor. Disse que namorava comigo, mesmo não sendo verdade, e estava me ajudando a largar a prostituição. Nossa! Eu não acreditei quando ele falou isso na frente do amigo! Cheguei a chorar quando cheguei em casa, sabia?

— Mas você disse que não ama ele.

— Não. Mas o amor pode vir com o tempo.

Não sei por quê, mas a história de Nicole me deixou tão feliz que debochei de mim mesmo, contando minhas suspeitas. Nicole riu:

— Só um idiota ia achar que eu estava ajudando o Vlad. Ele matou minha melhor amiga, seu pateta.

Sou, sou pateta, sim. Mas como explicar o bilhete de Vlad no meu quadro de cortiça? Eu já desconfiava dela, depois que sai de lá de casa aparece o bilhete...

— Mas você ainda acha que fui eu que coloquei o bilhete lá?

— Claro que não. Quando te vi toda bonitinha, sentada na carteira da sala de aula da faculdade, entendi que tinha me enganado. Mas eu repito a pergunta que fiz na hora em que achei o bilhete: como é que o filho da puta conseguiu entrar lá em casa?!

Depois falamos de outras coisas, dos planos de Nicole, da nova vida que estava buscando e de como entrara na prostituição. Era uma história maluca.

Nicole nasceu numa cidadezinha do interior muito careta. Sua família também era de uma caretice absurda. Um dia, o pai, outro caretão, descobriu que ela não era mais virgem e lhe deu um tapa na cara, chamando-a de puta. Nicole ficou revoltada e, para se vingar do pai, resolveu virar puta de verdade. Fugiu de casa no dia seguinte e veio se prostituir no Rio de Janeiro. Pelo menos era uma mulher decidida. Claro que não optou pela prostituição única e exclusivamente para se vingar do pai. Não tinha muito estudo nem habilidades específicas para nada. Na falta de coisa melhor, achou que ser puta, além da vingança, seria uma forma de ganhar a vida, coisa que não sabia como fazer.

Ao chegar no Rio, deu sorte de encontrar Wanderlei, o proxeneta do bem cujo nome estava escrito no caderno de telefones de Solange. O cara a ajudou a encontrar clientes bacanas, diferentes da corja baixo nível que frequenta o bar do Cabral, e em pouco tempo se sustentava sozinha. Brinquei:

— Tá me chamando de corja, é?

Ela brincou de volta:

— Você não é nem nunca foi meu cliente.

E me provocou:

— Mas só porque você não quer.

— Ih! Vai começar a me provocar de novo, é?

— Não, só tô brincando. Acho legal você nunca ter pago por sexo. Você é um cara especial.

Caraca! Aquela era a primeira pessoa no mundo, além de mim, que achava bacana minha virgindade mundana. Ia dizer isso a Nicole, mas achei melhor não encher muito sua bola. Ela continuou:

— Hoje eu sei que foi uma grande bobagem virar puta só pra me vingar do meu pai. Mas o que tá feito, tá feito. Agora é tentar consertar. É o que eu quero com a faculdade e o estágio.

Peguei sua mão e desejei sorte, dizendo que tinha certeza que ela iria conseguir. Nicole ficou sem graça e olhou para o relógio. Deu um pulo:

— Nossa! Tô atrasada! Brigada pelo almoço. E não esquece, segredo — e colocou o indicador sobre os lábios, lembrando de minha promessa.

Sorri de volta e disse que ficasse fria. Seu segredo estava bem guardado. Ela saiu apressada, me deixando sozinho e levemente bêbado pelas quatro cervejas que tomamos durante o almoço. Pedi mais umas e fiquei por ali a tarde toda, olhando a porra do bar do Cabral e desenvolvendo filosofias de botequim.

Assim como Nicole, eu também precisava mudar radicalmente de vida. Deixar minha "prostituição" para trás e encarnar um novo Marcos Sacramento, bem-sucedido profissionalmente, paciente com as pessoas, sóbrio e com bons modos. Mas só eu sabia o quanto isso era difícil. Eu e Nicole, cuja mudança era muito mais complicada que a minha.

Saí do asqueroso bar emocionado com as cervejas e a tarde que terminava. O alaranjado do sol se pondo no céu me deu o rumo e segui para casa. Nicole era uma puta e tanto. Ou melhor: Nicole era uma mulher e tanto.

* * *

No caminho de casa, lembrei do babaca do Cláudio, que estava chantageando Nicole em troca de sexo. Aquilo era ainda pior do que pagar por sexo. Fiquei com tanto ódio que não saltei do ônibus no meu ponto. Segui até o Jardim Botânico, entrei na Barão de Oliveira Castro e toquei a campainha do apartamento dele. O babaca sorriu ao me ver:

— Ah, até que enfim. Veio pagar a janela, né?

Puxei a pistola, encostei em sua testa e o arrastei até o meio da sala.

— Escuta aqui, ô, babaca, se eu souber que você andou chantageando a Nicole novamente ou se por acaso vazar na faculdade a notícia de que ela é prostituta, tu é um cara morto, entendeu? Morto!

Cláudio se borrou dos pés à cabeça e gaguejou uma resposta educada:

— Eu vou deixar ela em paz, não vou fazer mais nada, não, fica tranquilo, fica tranquilo!

— Acho bom, seu babaca!

Dei um chute numa mesa, que voou longe com espalhafato, bati a porta do apartamento decrépito e desci a Barão de Oliveira Castro me sentindo o mais valente e o melhor de todos os homens. Edna tinha razão: um homem com uma pistola tem o seu charme.

Cheguei na portaria do meu prédio junto com a noite. Estava leso pelas cervejas tomadas no bar do Cabral, feliz pela lição dada em Cláudio e encantado com a história de Nicole. Tomei uma decisão: se Nicole estava conseguindo mudar de vida, eu também ia mudar. Na subida, dentro do velho e barulhento Otis, vim pensando no novo Marcos Sacramento que estava nascendo naquele instante: um repórter educado, bom papo, profissional respeitado, homem sensível, editor do caderno de cultura do jornal, casado e adorado por sua mulher e filho botafoguense...

Gostei do novo Marcos Sacramento. Roberto precisava saber disso, afinal ele sempre me incentivara a mudar. Entrei em casa feliz e fui até o escritório a fim de ligar para ele. Mas quando entrei, o novo Marcos Sacramento foi sacudido pelo maior susto de sua curta vida: sentado em minha cadeira, havia um sujeito enorme e pálido, todo vestido de preto, me mandando um olhar desvairado:

— Marcos Sacramento. Prazer te conhecer pessoalmente.

Minha voz quase sumiu na garganta:

— Vlad?...

Ele sorriu, mostrando os caninos grandes, levantou e veio avançando lentamente em minha direção. Fiquei paralisado e acho que aconteceu um diálogo interno entre o antigo e o novo Marcos Sacramento:

— Estou nascendo hoje e já vou morrer?! Não é justo! Não é justo!

Um *flash* me lembrou de tudo o que eu iria perder se morresse ali: o novo Marcos Sacramento, o sucesso profissional, a educação no trato com as pessoas, a editoria do caderno de cultura, o grande amor da minha vida, meu filho torcedor do Botafogo... Nunca me senti tão frustrado. Acho que aquela frase é das coisas mais verdadeiras do mundo: "só me arrependo das coisas que não fiz". Mal decidira encarar uma nova vida e já a perderia?! Depois do *flash*, a frase ficou se repetindo na minha cabeça, como se o novo Marcos Sacramento me avisasse que não agir também é morrer.

— Só me arrependo das coisas que não fiz... Só me arrependo das coisas que não fiz...

Para piorar, eu estava bêbado e os pensamentos e as lembranças do que nunca tinha acontecido se embaralhavam na minha cabeça. Enquanto isso, Vlad se aproximava bem devagar, como se viesse em câmera lenta. De repente fui tomado por um ódio monumental: "Eu não posso morrer agora, caralho! O novo Marcos Sacramento não pode morrer antes de nascer! Só me arrependo das coisas que não fiz, só me arrependo das coisas que não fiz!"

Todos esses pensamentos não devem ter durado mais que dois segundos. Foi quando lembrei da pistola que carregava na cintura. Depois, a instrução do Adalberto soou em minha mente, como se o sargento estivesse ali, do meu lado:

— É só encaixar a massa na alça. É só encaixar a massa na alça.

Saquei a arma rapidamente, minha mão esquerda deu apoio à direita, estiquei os braços, encaixei a massa na alça, exatamente dentro do corpanzil de Vlad que se aproximava. Apertei levemente o gatilho com o indicador, como nas aulas de tiro. O tiro pareceu assustar Vlad, que parou por um instante, como se aguardasse algo. Depois sorriu e continuou a avançar em minha direção:

— Você acha que pode me matar com isso? Eu sou imortal, seu babaca!

Tentei atirar de novo, mas Vlad deu um tapa em minha mão, a arma voou longe e ele me agarrou com uma força descomunal. Nem respirar eu conseguia. Tentei chutá-lo, socar seu queixo, seu saco, mas estava completamente dominado. O animal era forte pra caralho. Inútil lutar.

— Só me arrependo das coisas que não fiz — a frase se repetiu mais uma vez na minha cabeça, me lembrando que eu jamais conseguiria viver o Marcos Sacramento que acabara de idealizar. Ia morrer ali.

Resolvi me entregar e parei de lutar. Vlad percebeu:

— Entendeu que não pode nada contra mim?

Fiz que sim com a cabeça, exausto. Ele afrouxou a força e consegui voltar a respirar. Vlad continuou, com seu olhar desvairado:

— Ainda bem. Não gosto que nada atrapalhe a minha refeição, entende?

Não consegui falar nada, só balancei um sim com a cabeça. Eu, que tinha ridicularizado a história do vampiro, estava ali, completamente prostrado diante da realidade: o cara era vampiro mesmo. Tinha levado um tiro de pistola e nem se abalou. E era dono de uma força descomunal, o filho da puta. Vlad dobrou meu pescoço lateralmente e se preparou para iniciar seu rito macabro. Foi aí que lembrei do crucifixo que Nicole tinha me dado no início das investigações. Tinha prometido andar sempre com ele e cumprira minha promessa, apesar de achar ridículo. De ridículo, o crucifixo se transformou em esperança.

— Só me arrependo das coisas que não fiz!

Estava perdido mesmo, não custava tentar. Num gesto rápido consegui pegar o crucifixo no bolso e o encostei na testa de Vlad. Ele soltou um urro e pulou para trás. Segurando o crucifixo como um Van Helsing ensandecido, me levantei e avancei contra ele. Vlad pareceu se apavorar e saiu correndo do escritório. Corri atrás, mas ele já tinha aberto a porta da sala e saído. Peguei o interfone e pedi que seu Orozimbo não o deixasse sair. Imediatamente liguei para Everaldo e berrei no celular:

— O Vlad tá aqui no meu prédio! Corre pra cá com um pelotão que o cara é forte pra caralho e bala não mata ele, não!

* * *

Quando Edna chegou, a casa estava revirada e policiais andavam por todo lado, examinando cada detalhe do apartamento. Onze deles tinham vasculhado cada centímetro do prédio, até pela lixeira desceram. Não acharam um sinal sequer de Vlad. Seu Orozimbo, o porteiro, garantiu que ninguém descera pelos elevadores nem escadas depois que eu interfonara. Então, para onde tinha ido o filho da puta? Voou como morcego?

Puxei Edna num canto e contei rapidamente o que tinha acontecido, inclusive do seguimento de Nicole e da faculdade. Ao ouvir o nome de Nicole, Edna fechou a cara, mas depois de eu quase ter sido assassinado, ela nunca poderia fazer mais uma de suas ceninhas de ciúmes. Até tentou, mas Everaldo entrou na sala dizendo que tinha uma coisinha que eu deveria ver. Edna fez uma cara de quem ia refrescar agora, mas depois iríamos conversar. Fomos até o escritório e Everaldo me mostrou um buraco de bala num canto quase escondido da estante:

— O seu Vlad não é imortal porra nenhuma. Você é que errou o tiro.

Os policiais que estavam no escritório riram. Eu disse que era impossível:

— Nunca errei um tiro a essa distância no curso.

Everaldo podia ter ficado calado, mas não ficou, o filho da puta:

— Acontece que no curso você não estava correndo risco de vida nem bêbado. Esqueceu das cervejas que tomou com a Nicole antes de chegar em casa?

Edna me olhou com ódio. Fingi que não era comigo:

— Mas o cara é forte pra cacete, Everaldo, tem uma força descomunal. Me dominou como se eu fosse uma criança.

— Bom, você não é exatamente um Hércules...

Os policiais riram de novo. Falei do olhar desvairado de Vlad, de seus caninos:

— Ele ia chupar meu sangue! Só me salvei por causa do crucifixo.

Everaldo riu:

— O que foi? Depois do susto passou a acreditar em vampiro?

Os policiais riram novamente. Eu não sabia o que pensar. Só lembrava das mãos de aço de Vlad me dominando e de seus caninos se aproximando da minha jugular:

— Se não é vampiro, por que fugiu quando encostei o crucifixo na testa dele?

— Não sei. Mas você não tá achando que o maluco é vampiro mesmo, tá?

Eu não sabia o que pensar. O antigo Marcos Sacramento jamais acreditaria que Vlad poderia ser um vampiro. Mas o novo argumentou: "Então como explicar sua entrada e fuga no apartamento? Sua força descomunal? Seu olhar desvairado? A dor que sentiu quando encostei o crucifixo em sua testa?"

Quando os policiais foram embora e Edna estava no banho, liguei para Nicole e contei o que tinha acontecido:

— Você salvou minha vida com aquele crucifixo.

Nicole ficou preocupada, queria vir me encontrar, conversar, saber mais detalhes do que tinha acontecido, mas falei que Edna estava irada por causa das cervejas que bebemos no bar do Cabral.

— Me desculpa, mas essa tua namorada é uma idiota, hein! Você quase morre e ela tá com ciúmes de mim?! Pelo amor de Deus!

Quis responder alguma coisa, mas não havia nada a dizer. Nicole tinha razão. Edna estava pirando em seus ciúmes e começava a me irritar. Disse a Nicole que amanhã conversaríamos e desliguei.

De banho tomado, Edna entrou no escritório querendo voltar ao assunto "Nicole e as cervejas vespertinas". Fui grosso:

— Não fode, Edna! Eu quase fui assassinado e você me vem com ciúme babaca?! Vai ver se eu tô lá na esquina, vai!

Edna ficou puta e foi dormir em sua casa. Achei melhor. Eu não ia conseguir dormir e, por tabela, também não a deixaria dormir. Liguei para Leandro e contei o que tinha acontecido. Ele mandou que eu fosse direto para a redação, pois ia fazer uma matéria com manchete na primeira página. Trabalhamos até meia-noite.

No dia seguinte, Marcos Sacramento tinha virado uma celebridade.

* * *

A porra do telefone não parou de tocar um minuto. Todo mundo queria falar com o herói que tinha sobrevivido ao assassino mais famoso e procurado da cidade. Como tem gente babaca nesse mundo. Nenhum daqueles inúteis jamais se preocupou comigo. Foi só aparecer no jornal e a corja começou a ligar. O mais idiota de todos ainda teve a cara de pau de me pedir um emprego no jornal:

— Agora você deve estar mandando e desmandando lá, né?

Escrotos. Odeio essa gente interesseira. Aliás, odeio gente. Deixei a secretária eletrônica ligada o resto do dia para filtrar as ligações. Roberto ligou e marcamos um almoço no bar do Cabral. Mas antes passei no jornal para ver como andava minha popularidade. Todo mundo que passava me cumprimentava pela matéria e por ter conseguido escapar de Vlad. Até o Barbosa veio à minha sala me dar os parabéns. Uma bajulação asquerosa. No corredor, cruzei com Odilon, meu antigo chefe babaca. Ele me deu parabéns e eu perguntei o que tinha achado da matéria:

— Tava com ou sem emoção?

Odilon rangeu os dentes e foi embora sem dizer nada. Essa foi a única coisa boa de minha repentina fama: poder curtir com a cara do Odilon impunemente.

No almoço, Roberto disse que estava preocupado comigo:

— Você ainda está correndo risco de vida? Quer passar uns tempos lá em casa?

Eu não fazia a menor ideia se ainda corria risco de vida. Depois do almoço passaria na delegacia para conversar com Everaldo:

— Ele deve saber melhor que eu. De qualquer maneira, agradeço a oferta, mas nunca poderia aceitar. Se ainda estiver correndo risco de vida, ir pra sua casa significa colocar em perigo você, sua mulher e sua filha. Você tudo bem, é um veado enrustido, se morrer não vai fazer falta. Mas sua mulher e sua filha não têm nada a ver com isso.

Roberto disse que estava começando a desconfiar de mim: eu falava tanto de sua possível homossexualidade que achava que eu é que estava querendo sair do armário. Mandei Roberto tomar no cu, etc. Aquelas coisas de homens que se gostam e ficam se ofendendo para não serem obrigados a se elogiar. Gostei de saber que ainda tinha um amigo no mundo. Um único amigo que se preocupava comigo de verdade.

Depois passei na 9ª Delegacia de Polícia. Everaldo não estava preocupado comigo. Pelo menos por enquanto. Com o susto que levara, Vlad com certeza daria um tempo, afinal, fui a primeira pessoa que ele tentou e não conseguiu matar. Se ainda quisesse, iria planejar melhor, e isso tomaria tempo. E Everaldo contava pegar Vlad antes disso.

— Vasculhamos a casa inteira atrás de uma digital. O filho da puta parece não ter tocado em nada. Ou usou luva. Mas no sinteco do chão do seu escritório achamos uma digital diferente da sua.

— No chão? Por que ele colocaria a mão no chão?

— Vocês lutaram, talvez ele tenha se apoiado ali. E não teve tempo de limpar depois. Estou otimista.

— Em quanto tempo teremos uma resposta?

— Alguns dias. Até lá, não larga a arma que te dei. E tenta ficar sóbrio pra não errar outro tiro fácil daqueles.

— Se é que vai adiantar acertar um tiro nele...

— Você continua com essa babaquice de achar que o cara é imortal?

— Se você tivesse visto e sentido o que eu vi e senti também ia ficar em dúvida.

— Olha, isso é normal. Quem nunca correu risco de ser assassinado, quando acontece, fica meio perturbado mesmo. Mas depois você vai ver que é tudo coisa da tua cabeça. Fica frio que alguma coisa me diz que nós vamos pegar o cara logo. Aí você vai ver que imortal, só Deus.

— Parece que Jesus Cristo também era — ironizei de volta.

— Vlad e Jesus Cristo são muito diferentes. E você vai me fazer um favor.

— Que favor?

— Olhar um monte de fotos de bandido e ver se algum deles é o Vlad. Depois vamos fazer um novo retrato falado.

Nas fotos que Everaldo me mostrou não havia ninguém parecido com Vlad, mas o novo retrato falado ficou muito parecido. O anterior não era mal, mas este era quase uma foto. Everaldo agradeceu e me dispensou.

Cheguei em casa e fui para o escritório. Muito estranho entrar ali de novo. Não consegui ficar à vontade. Eu podia estar morto agora e aquele cômodo seria um novo corpo de delito para Everaldo esquadrinhar.

— Quando essa merda toda acabar, vou me mudar daqui — disse para meu quadro de cortiça, onde o bilhete de Vlad ainda estava pregado.

Escrevi a matéria que Leandro me pedira, uma espécie de continuação da matéria de capa daquele dia, uma babaquice na linha "Como se sente um repórter após quase ter seu sangue chupado por um suposto vampiro". Gostei. Coloquei ironia, emoção, até o babaca do Odilon iria gostar.

No final da tarde Leandro ligou. As vendas do jornal tinham quase dobrado naquele dia por causa da matéria. O Barbosa queria conversar comigo e com ele. Estava pensando numas novas reportagens, para quando o caso Vlad terminasse. Queria voltar a investir na seção policial do jornal e achava que nós dois fazíamos uma boa dupla. Ia sacaneá-lo, dizendo algo na linha:

— Ótima dupla: eu corro risco de vida e você ganha fama de graça.

Mas o novo Marcos Sacramento, que salvara minha vida, me impediu: "tá na hora de mudar, cara! Fala alguma coisa diferente do teu padrão!"

— É, nós fazemos uma boa dupla mesmo, Leandro. Pode marcar com o Barbosa — foi o que eu disse.

Leandro desligou e me senti feliz e sóbrio pela primeira vez nos últimos tempos. O telefone tocou de novo. Era Nicole. O novo Marcos Sacramento se espalhou:

— Preciso te agradecer.

— Por quê?

— Você salvou minha vida.

— Esquece.

— Não, faço questão de te pagar um jantar. Você salvou minha vida com o crucifixo. Merece.

— Se você insiste. Onde? No Cabral?

O antigo Marcos Sacramento diria:

— Claro, onde mais se pode comer um pratão de comida como aquele por menos de dez pratas?

Mas o novo Marcos Sacramento nunca falaria uma coisa dessas a uma mulher, mesmo sendo ela uma puta:

— Não, vamos num lugar melhor.

— Lugar melhor é mais caro...

— Minha vida vale o preço. Passo pra te pegar às nove. Escolhe o restaurante.

* * *

As novidades do caso Vlad deixaram Nicole de bom humor. Especialmente a informação de que Everaldo conseguira a impressão digital do animal. No restaurante ela estava alegre, brincando o tempo todo. Foi um jantar agradável, comemos uma comida leve, escolha de Nicole:

— Preciso manter a forma.

No final, ela brincou:

— Hoje tiro sua virgindade mundana. Dou noventa por cento de desconto. É pegar ou largar.

Gostei de ver Nicole feliz novamente. Há um bom tempo que andava deprimida, não sei bem por quê. Entrei na brincadeira e perguntei quanto cobrava.

— Trezentos reais. Pode dar quantas quiser. Mas você só deve dar uma e olhe lá — brincou.

O antigo e grosseiro Marcos Sacramento se fez presente, se assustando com o preço:

— Trezentos reais?! Tudo isso?!

— Por que o espanto? Achou que eu fosse uma prostituta qualquer? — perguntou Nicole, levemente ofendida.

Mas o antigo Marcos Sacramento queria estragar o jantar de qualquer maneira. As frases inconvenientes foram saindo em sequência de minha boca, uma pior que a outra:

— E tem gente que paga trezentos paus pra trepar com você?!

Nicole se irritou:

— Cliente é que não me falta, idiota.

Pedi desculpas. Não queria ofendê-la. Mas realmente estava espantado com seu preço. Para estragar de vez com o jantar, o antigo Marcos Sacramento disse a frase mais inadequada de toda sua vida:

— Mas trezentos reais é michê de puta de luxo, dessas universitárias gatinhas e gostosas que vendem o corpo pra bancar os estudos.

Nicole se enfureceu:

— Eu sou universitária, gatinha e gostosa, seu babaca — disse, já se levantando e pegando sua bolsa.

Agradeceu o jantar e saiu sem olhar para trás. O antigo Marcos Sacramento queria xingá-la, mas o novo conseguiu impedi-lo. Pensei em ir atrás para me desculpar, mas ela tinha saído tão irritada que achei melhor deixar para outra hora, quando nós três estivéssemos mais calmos. Pedi a conta, um absurdo que o novo Marcos Sacramento não se incomodou de pagar, apesar do antigo sacanear:

— Babaca. Gastou uma baba e nem comeu a piranha.

Já que a noite estava arruinada, resolvi deixá-la por conta do antigo Marcos Sacramento. E para onde ele foi? Claro, bar do Cabral.

Ao chegar, dei de cara com Sheila, que jantava. Perguntei quanto ela cobrava.

— Cem reais. Por quê? Tá a fim?

— E a Nicole, cobra quanto?

— Ih, a Nicole cobra caro. Acho que uns trezentos.

— E por que você não cobra o mesmo preço que ela?

— Porque ninguém vai pagar essa grana pra trepar comigo.

— E pra Nicole pagam?

— Claro. Se eu tivesse aquele corpinho e aquela carinha também ia cobrar caro. Abrir as pernas pra qualquer um por cem reais é foda.

O antigo Marcos Sacramento, definitivamente, era um babaca. Sempre achou que Nicole era uma puta qualquer, mas agora que soube que ela cobrava trezentas pratas, passou a encará-la de maneira diferente. Como aqueles imbecis que não entendem nada de vinho e pedem o mais caro da carta para impressionar.

E com o superdesconto que me ofereceu, o sexo com Nicole sairia pela bagatela de trinta reais. Uma mixaria.

— Devia ter aceitado — disse o antigo e desagradável Marcos Sacramento — pelo menos não ficaria na mão essa noite.

Mas a questão não era o preço e sim a filosofia. Perder minha virgindade mundana estava fora de questão, tanto para o antigo quanto para o novo Marcos Sacramento. Acho que essa era a única coisa em que os dois concordavam.

* * *

Preciso defender o antigo Marcos Sacramento: ele não era tão escroto assim. Acho que o episódio do jantar com Nicole se explica com a invisibilidade funcional. É uma teoria ou tese, sei lá, de um acadêmico maluco que diz que muitas vezes deixamos de ver a pessoa para enxergar apenas sua função social. Para comprovar sua teoria, ele viveu com mendigos durante um tempo e, depois, trabalhou como gari na faculdade onde desenvolvia sua tese. As pessoas que sempre o cumprimentavam pelos corredores passaram direto quando estava com outras roupas, sem notarem que era ele. Ou seja, as pessoas o olhavam e automaticamente pensavam:

— É apenas um gari.

Ou:

— É só um mendigo.

Mas não viam a pessoa por trás da função social. Concordo com essa teoria por experiência própria. Muitas vezes cruzei na rua com garçons sem paletó e gravata borboleta. Ficava horas tentando lembrar de onde o conhecia. Só no dia seguinte, quando voltava ao restaurante onde ele trabalhava é que o reconhecia.

A mesma coisa deve ter acontecido com o antigo Marcos Sacramento naquele destrambelhado jantar com Nicole. Sempre a vi na função de puta baixo nível, afinal ela frequentava o bar do Cabral, o lugar mais baixo nível da cidade do Rio de Janeiro. Por isso a associei a uma puta barata e vulgar. Mas, pensando agora, lembrei que nunca vi Nicole chegar com ou arrumar cliente ali. Sheila não, vivia saindo ou chegando com homens. Mas Nicole, nunca. A invisibilidade funcional, parece, funciona mesmo. O que, no final das contas, também me diminui, porque eu também era um frequentador assíduo daquele antro e poderia facilmente ser visto por outros como um cara baixo nível. O que deveria acontecer com muita frequência. E, afinal, acho que é isso mesmo o que sou: um cara baixo nível.

Bom, era essa a justificativa para as grosserias que disse a Nicole no maldito jantar. Sempre a vi como uma função social: puta de baixo nível; e não conseguia enxergar a Nicole verdadeira.

E o mais incrível é que, pela conversa com Sheila, concluí que Nicole deveria ser linda, afinal cobrava uma baba, coisa que nunca tinha reparado. Eu só enxergava nela a puta filha da puta que vivia tentando acabar com minha virgindade mundana só para me sacanear.

Achei que devia desculpas a Nicole e passei em seu apartamento. Ela me olhou feio e perguntou o que eu queria, sem me convidar para entrar. Antes que pudesse responder, Lula entrou na sala, pulou de alegria e veio se esfregar nas minhas pernas.

— A gente pode dar uma volta lá embaixo, longe desse fedido pervertido sexual?

Nicole disse que podíamos descer, mas Lula ia junto:

— Ainda não saí pra passear com ele hoje.

Passeando, Lula deixava minha panturrilha em paz e ao ar livre seu fedor não incomodava. Descemos a rua Machado de Assis em direção à praia. Nicole estava emburrada e o antigo Marcos Sacramento quase fode tudo mais uma vez:

— Você não dá banho nesse cachorro, não? Ele fede pra cacete!

Nicole parou:

— Se você veio aqui pra me dar aula de higiene canina volto pra casa agora!

Gostei do (mau) humor de Nicole. O novo Marcos Sacramento me salvou:

— Não. Eu vim pra me desculpar pelas barbaridades que falei pra você ontem à noite. Não sei o que me deu. Aliás, eu sei o que me deu, sim.

E falei da teoria da invisibilidade funcional, de como eu não via a pessoa Nicole e sim a prostituta que eu sempre encontrava no bar do Cabral e que vivia tentando minha virgindade mundana. Somente isso podia justificar minhas grosserias.

— Isso e o seu eterno mau humor com a vida.

— E o meu eterno mau humor com a vida — concordei.

Nicole ficou séria. Chegamos no aterro e sentamos num banco, enquanto Lula corria pela grama feito um idiota. Era um dia cinzento que prometia chuva fina em breve. A luz prateada da tarde do Aterro deu uma tonalidade diferente à cor morena do rosto de Nicole. Somente ali entendi os ciúmes de Edna: Nicole era linda. Podia cobrar muito mais que trezentos reais e ainda assim teria muitos clientes. Senti vontade de beijá-la, mas ela ainda não tinha me perdoado pelas grosserias da noite anterior e eu levaria um tapa se tentasse. Além do mais, beijar Nicole seria a coisa mais descabida que eu poderia fazer naquele momento.

Mas o novo Marcos Sacramento estava impossível de controlar e disposto a tudo para ficar bem com ela novamente. Ele se ajoelhou aos pés de Nicole, segurou sua mão e perguntou:

— A excelentíssima doutora advogada Nicole aceita me defender nesse processo de injúria, onde sou réu confesso e, como tal, aceito desde já todas as penalidades a mim impostas pela lei?

Nicole riu. Tinha um sorriso lindo que combinava perfeitamente com seus olhos doces:

— O problema é que meus honorários são caríssimos. Você vai poder pagar?

— Estudei em colégio de padre: pra me livrar da culpa, pago qualquer preço.

Nicole riu de novo e me abraçou. Seus seios perfeitos encostando no meu peito me deixaram com tesão. Levantei e disfarcei:

— Vamos voltar? Parece que vai chover...

— Esse tempo não melhora. Sabe, às vezes eu tenho a sensação de que o sol só vai voltar quando a gente pegar o Vlad.

Eu não queria entrar naquela discussão novamente. Mas Nicole insistiu:

— Você agora acredita que o Vlad é vampiro mesmo?

Eu disse que não sabia.

— Então como explica a história do crucifixo?

— Não sei, não sei o que pensar. Vamos?

Nicole pegou o fedorento e subimos a Machado de Assis de volta. Na porta do prédio, quando nos despedíamos, Nicole contou que Cláudio lhe pedira desculpas, jurando que nunca mais a chantagearia nem contaria a ninguém sobre sua profissão.

— Ele pediu pra te falar isso. Não entendi. Você tem alguma coisa a ver com a mudança dele?

Respondi que um homem com uma pistola tem grande poder de persuasão. Nicole riu:

— Você é maluco. De qualquer maneira, obrigada.

E me deu um delicioso beijo no rosto. Enquanto isso, Lula tentava fazer sexo com minha batata da perna mais uma vez.

* * *

O telefone tocou. Era Edna. Não nos falávamos desde o dia em que Vlad tentara me matar. Eu decidira não ligar, afinal não tinha feito nada de errado. Ela que tinha dado ataque sem motivo. Achei que cabia a ela ligar e pedir desculpas. Mas pedir desculpas nem passava por sua cabeça:

— Tá tudo bem? O Vlad tentou mais alguma coisa?

— Não — respondi, seco.

Edna perguntou se eu não estava com saudades. Respondi que estava chateado com a briga inútil que tivemos, justo na noite em que quase fui assassinado. Edna tentou começar um papo chato, dizendo que tinha razão de sentir ciúmes, mas eu cortei:

— Se você ligou pra falar da Nicole, melhor não perder seu tempo.

Edna disse que não tinha ligado por isso, estava com saudades:

— Só quero te ver e sentar nesse seu pau maravilhoso.

Homens são seres facilmente manipuláveis. Basta uma mulher elogiar seu desempenho sexual ou o tamanho de seu pau que eles se deixam levar para qualquer canto. Aceitei a proposta de Edna e ela veio dormir em minha casa.

Coloquei "*Quizás, Quizás, Quizás*" na vitrola, mas achei o sexo maçante. Como Edna já tinha gozado três vezes, fingi que tinha gozado também.

Essa é a única vantagem de transar com camisinha: nós homens também podemos simular orgasmo. Tirei a camisinha discretamente, fui para o banheiro e a joguei na lixeira. Quando voltei, Edna já roncava, esparramada na cama. Dei-lhe um empurrão de leve com dois objetivos: conseguir espaço e fazer com que seu ronco diminuísse. Consegui as duas coisas, deitei e dormi.

Durante a madrugada ouvi barulhos no apartamento. Peguei a pistola na mesinha de cabeceira e dei uma geral. Estava tudo como antes. Voltei para a cama, mas não consegui dormir. Fui para o escritório e fiquei trabalhando num livro de contos que vinha escrevendo há mais de cinco anos e que sabia que jamais terminaria. O livro era resultado da doença que todo jornalista é acometido em alguma fase de sua carreira e que o faz achar que precisa escrever ficção também. Tenho certeza absoluta de que nunca vou terminar este livro, já que só pego nele quando não tenho absolutamente nada para fazer. Mas como ainda não consegui me curar da doença, continuo perdendo meu tempo.

Quando o dia clareou, Edna entrou no escritório com a camisinha que eu jogara na lixeira do banheiro:

— Que porra é essa?

— Uma camisinha — respondi sem graça.

— Eu fiz a pergunta errada: que porra não é essa? Não tem nada nessa camisinha!

Me fiz de sonso:

— Não? Que engraçado...

— Você gozou ontem à noite?

— Gozei.

— Então por que não tem porra aqui dentro?

Inventei uma história que me pareceu boa:

— É, de vez em quando acontece isso comigo. Eu gozo, mas não sai nada. Já fui num médico, ele disse que é normal acontecer.

— Deixa de ser mentiroso, Marcos! Você parece as Cataratas do Iguaçu quando goza. Você fingiu um orgasmo pra mim?!

Eu estava cansado da discussão, cansado de Edna:

— Fingi.

— Por quê?!

— Porque eu não tava gostando do sexo e queria acabar logo.

— Mas a gente sempre se deu tão bem na cama! Você encontrou aquela putinha de tarde e transou com ela, não foi?

— Eu encontrei a Nicole de tarde, sim, mas não transei com ela.

— E você acha que eu vou acreditar nisso?

— Acredita no que você quiser. Só me deixa em paz que eu tô escrevendo o meu livro.

Edna deu meia volta e saiu do escritório fula. Um tempinho depois ouvi a porta da sala bater com estardalhaço. Dei uma olhada pela casa, ela tinha ido embora. Pensei em pegar o interfone e pedir ao seu Orozimbo que dissesse a Edna para esperar. Mas deixei para lá. Melhor assim.

Voltei ao escritório e ao meu livro de contos. Quando sentei ao teclado não pude evitar o riso:

— Gozo sem porra, justo eu, o senhor Cataratas do Iguaçu! Isso dá um conto engraçado.

E voltei a escrever. Inutilmente.

* * *

Vou te mandar 3 e-mails. Quando o terceiro chegar, você estará morto.

Vlad

Foi esse o e-mail que recebi de Vlad. Corri para falar com Reinaldo, o diretor de informática do jornal que sabia tudo de computador e dizia sentir cheiro de bit:

— Dá pra descobrir de onde foi enviado?

— Se o IP não tiver sido alterado, dá. Até o final do dia te dou uma resposta.

Reinaldo copiou o e-mail de Vlad para um *pen-drive* e no final do dia chegou na minha mesa com um endereço rabiscado num papel:

— É de uma *lan-house* no Catete. Foi de lá que mandaram.

Sempre o Catete. Ia ligar para o Everaldo quando tive uma ideia. E se eu fosse para a *lan-house* e ficasse esperando Vlad voltar? Ele disse que ainda iria me mandar mais dois e-mails. Se tivesse o descuido de mandar do mesmo lugar eu poderia segui-lo, descobrir onde mora, como planeja e executa seu crimes e faria uma matéria para ganhar o prêmio Esso de jornalismo. Conversei com Leandro, que gostou da ideia, mas retrucou:

— O Everaldo disse que achou a impressão digital do Vlad na sua casa. Será que ele já não descobriu quem é o cara?

— Ainda não, falei com ele hoje. Tenho certeza que vamos descobrir primeiro.

Leandro concordou e corri para casa. Peguei roupas discretas, bonés e óculos escuros para me disfarçar, enfiei tudo numa pequena mochila e às sete da noite estava em frente à *lan-house* vagabunda da Correia Dutra. Caía aquela mesma garoa fina que parecia que nunca iria parar. Vesti o boné, coloquei óculos escuros e entrei. Nos computadores amontoados na pequena sala, havia muita garotada de olhos grudados nos monitores e um senhor de idade que parecia levar uma surra da máquina que usava. Nem sinal de Vlad. Saí.

Por sorte, havia um boteco bem em frente à *lan-house* e sentei numa mesa com uma boa visão da entrada da pequena e encardida lojinha. Pedi água mineral para não correr o risco de ser obrigado a atirar bêbado novamente. As horas passaram, clientes entraram e saíram da *lan-house*, mas nem sinal de Vlad. À meia-noite, o dono baixou as portas de aço e foi embora, ao mesmo tempo que o garçom, que já colocara todas as cadeiras do boteco em cima das mesas, veio perguntar se eu queria mais alguma, estavam fechando. Pedi a conta e fui embora.

∗ ∗ ∗

O Manual do Investigador da Polícia Civil dizia que a principal arma de um investigador numa campana é a paciência. Mas eu estava sem paciência alguma. A noite que passara no boteco em frente à *lan-house* da Correia Dutra tinha sido entediante e eu não queria passar pela experiência o dia seguinte inteiro. Inventei uma ótima desculpa para minha preguiça: como Vlad se diz vampiro, só deve sair de casa à noite. Logo, só preciso ficar de campana depois que o sol baixar.

O antigo Marcos Sacramento iria aproveitar a folga para encher a cara ou ir até a praia de Ipanema e ficar o dia inteiro bundando por lá. Mas o novo Marcos Sacramento foi mais esperto: descansou e releu todas as informações que tinha conseguido sobre Vlad até ali.

Quando o sol começou a se pôr, eu estava pronto e bem disposto para mais uma campana. Cheguei na Correia Dutra junto com a noite. Mais uma vez caía aquela garoa fina que parecia eterna. Entrei na *lan-house* e dei uma olhada nos clientes: de novo uma garotada, uma senhora de idade e uma mulher interessante, que parecia mandar e-mails a trabalho. Nem sinal de Vlad. Saí, entrei no boteco e me aboletei na mesma mesa da noite anterior. O garçom me reconheceu e perguntou se eu era novo no bairro. Respondi que jamais moraria no Catete e menti que estava fazendo uma reportagem sobre frequentadores de *lan-houses*. Ele colocou outra água mineral na minha frente e fiquei bebericando, de olho em quem entrava e saía da lojinha encardida.

Por volta das nove da noite três homens entraram no boteco rindo e falando alto e sentaram na mesa ao lado. Detesto essa gente que fala alto, incomodando quem está em volta. Eles pediram cerveja, brindaram e começaram a falar de mulher e contar piadas. Minha boca se encheu d'água e fiquei trincado de vontade de tomar uma cerveja. Mas eu tinha que me manter sóbrio para o caso de Vlad aparecer. Pedi que o novo Marcos Sacramento interviesse e impedisse o velho de fazer besteira. Quando a disputa entre os dois estava em seu clímax, vi Vlad, todo vestido de preto, atravessar a rua calmamente e entrar na *lan-house*. A vontade de beber cerveja desapareceu e comecei a tremer. "O que faço agora?"

Os três homens na mesa ao lado, já animados pelas cervejas, riam e falavam cada vez mais alto. O burburinho me embaralhava as ideias. Precisava sair dali para pensar no que fazer. Vesti o boné e os óculos escuros, me certifiquei de que a pistola estava em minha cintura e carregada, deixei o dinheiro sobre a mesa e levantei. No caminho, parei na mesa dos três homens e disse com rispidez:

— Vocês deviam falar mais baixo, sabia?

Todos me olharam com cara feia e um deles fez menção de se levantar. Afastei meu casaco de brim, de modo que a pistola aparecesse. Um deles segurou o braço do que queria se levantar, indicando com a cabeça a pistola em minha cintura. O cara voltou a sentar e o terceiro deles respondeu com tato:

— Tudo bem, a gente vai falar mais baixo.

É a minha cara isso. Quando tenho um problema sério a enfrentar, desvio a atenção para uma bobagem e acabo fazendo merda. Mas o novo Marcos Sacramento não ia deixar o velho estragar minha oportunidade. Vlad estava dentro daquela *lan-house* vagabunda. Era só tomar coragem, esperá-lo sair e segui-lo.

Deixei os três homens para lá e saí do bar. Me escondi atrás de uma banca de jornais e esperei. Vlad demorou. Vinte e cinco minutos já tinham se passado desde que entrara na *lan-house* e nada de sair. "Será que o animal precisa desse tempo todo só pra mandar um e-mail?!", pensei, já angustiado com a espera. Foi quando Vlad saiu conversando com a mulher interessante que parecia mandar e-mails a trabalho. Os dois estavam num papo que parecia paquera. A mulher sorria para tudo o que Vlad dizia e ajeitava os cabelos o tempo todo, claro indício de que estava gostando da conversa e de Vlad. Minha primeira brilhante dedução de repórter investigativo estava se materializando na minha frente: Vlad seduzindo uma mulher, provavelmente sua próxima vítima. Pensei em ligar para Everaldo e pedir que corresse até lá, mas minha matéria ficaria menos emocionante. Eu queria ver como Vlad agia para poder contar ao público nos mínimos detalhes. Seria uma matéria do cacete.

Mas eu tinha o direito de deixar uma pessoa morrer só para conseguir uma matéria melhor? Não, eu não podia deixar a coitada morrer. Já estava pegando meu celular para ligar para Everaldo, quando os dois pareceram trocar telefones, se despediram e cada um saiu para um lado. Guardei o celular e segui Vlad.

Será que ele não se animou a beber o sangue da mulher? Ou ainda estava na fase da sedução, esperando o momento adequado para matá-la? Achei que a segunda opção era a correta.

Vlad caminhou lentamente até a rua Bento Lisboa, lugar onde matei meu irmão, e dobrou à direita. Não parecia nem um pouco incomodado com a fina garoa que caía. Minhas pernas tremiam e um frio gelava minha barriga. Tirei a pistola da cintura, puxei o cão e a enfiei dentro da mochila que carregava atravessada no ombro sem largá-la. Dessa maneira, já estaria com a arma na mão e, caso alguma coisa acontecesse, bastaria tirá-la de dentro da mochila e atirar. Só tomei o cuidado de deixar a pistola levemente apontada para o lado de fora, para não correr o risco de ela disparar por acidente e acertar meu pé.

Vlad tinha um andar seguro, calmo, e olhava tudo e todos à sua volta com uma tranquila superioridade. Parecia não ter medo de nada e várias vezes o vi olhar de forma desafiadora para as pessoas que cruzavam seu caminho. Como era um homem muito alto e forte, ninguém tinha coragem de sustentar o olhar na sua direção. Nesses momentos, surgia em seus lábios um quase imperceptível sorriso de superioridade e escárnio.

Finalmente ele dobrou à direita na rua Pedro Américo e entrou no prédio número 38. Esperei até amanhecer, mas ele não saiu mais. O dia me encontrou acabado de cansaço e sono. Voltei para casa e liguei para o Leandro, contando o que descobrira:

— Acho que ele mora lá.

Leandro queria passar o endereço a Everaldo, mas expliquei a matéria que estava imaginando:

— Quero mostrar como o Vlad age.

— Mas você vai deixar morrer gente só pra fazer uma matéria?! — Leandro se assustou.

— Claro que não. Assim que perceber que alguém corre risco de vida, eu ligo pro Everaldo.

Leandro ficou meio na dúvida, mas acabou concordando:

— Mas olha lá, hein! Não quero ser acusado de deixar uma pessoa morrer só por causa de uma matéria de jornal.

— Eu também não, pode ficar tranquilo. Agora me deixa dormir que eu tô morto de sono.

Dormi até três da tarde.

* * *

Quando a noite chegou, eu já estava de prontidão e disfarçado bem em frente ao número 38 da rua Pedro Américo. Uma garoa fina caía novamente e havia um prenúncio de neblina na noite do Catete. Estava frio e eu vestira um suéter por baixo da jaqueta de brim. Ainda assim sentia um leve tremor, provavelmente não de frio, mas de medo. Lá pelas nove da noite Vlad saiu. Usei o mesmo estratagema da noite anterior: segurei a arma com o cão puxado dentro da mochila, para maior rapidez em qualquer eventualidade. Vlad caminhou com seu passo firme e tranquilo até um bar na esquina da rua do Catete com a Dois de Dezembro, onde encontrou a mulher da noite anterior. Eu estava certo e minha primeira brilhante dedução de repórter investigativo também. Vlad agora entrava na segunda fase de seu método assassino: a vítima já estava seduzida, ele deveria matá-la e beber seu sangue naquela noite.

Eles sentaram numa mesa do bar e a mulher tomou vários chopes e comeu uma porção de batatas fritas. Vlad não comeu nem bebeu nada. A conversa parecia animada, a mulher ria de tudo o que Vlad dizia. Mais ou menos uma hora depois, Vlad pediu a conta e pagou. A mulher gostou de seu gesto, eles trocaram um beijo na boca e saíram do bar. Vlad disse alguma coisa no ouvido da mulher, ela sorriu e concordou. Ele colocou os braços sobre os ombros dela, ela enlaçou o tronco dele e os dois foram caminhando, como dois namorados, descendo a Dois de Dezembro em direção ao Aterro do Flamengo. Eram quase onze da noite e, àquela hora, o Aterro seria o lugar perfeito para Vlad matar a mulher: mal iluminado, meio deserto, sem policiamento... Eu tinha que ligar para Everaldo agora ou não haveria tempo para o delegado salvar a vida da pobre coitada. Não sei se foi o novo ou o velho Marcos Sacramento que deu a ideia: "E se eu não ligasse pro Everaldo e salvasse eu mesmo a mulher?". Assim, poderia acompanhar todo o processo assassino de Vlad para a matéria e, no último minuto, ainda daria uma de herói. Pela primeira vez o novo e o antigo Marcos Sacramento concordaram. A unanimidade deles me preocupou porque, como dizia Nélson Rodrigues, toda unanimidade é burra. Mesmo assim segui o casal.

Havia poucas pessoas na rua àquela hora e eu tinha que ser duplamente cuidadoso para não ser percebido. Por conta disso, fiquei me esgueirando atrás de árvores, bancas de jornais, carros e postes. Mas Vlad não estava preocupado e nem mesmo olhava em volta para ver se alguém poderia estragar sua refeição. Parecia confiante de que nada nem ninguém atrapalharia seu plano. "Mas dessa vez você vai se foder", pensou o novo ou o velho Marcos Sacramento, não sei.

Quando já estávamos quase na rua da praia, tropecei num dos malditos buracos que infestam as calçadas da cidade do Rio de Janeiro e, com o solavanco, a arma disparou, abrindo um buraco na mochila. O tiro assustou Vlad, que virou o rosto e olhou diretamente para mim, como se soubesse de antemão onde eu estava. Seu olhar desvairado cravou em mim e ele sorriu. Largou a mulher e disparou na minha direção. Com o susto que o tiro me dera, a arma se soltou de minha mão e tentei tateá-la dentro da mochila. Mas não achava. Como Vlad estava se aproximando, esqueci a arma e desabalei rua acima. O problema é Vlad tinha passadas largas e corria muito mais do que eu. Ao dobrar na esquina do Beco do Pinheiro entendi que precisava me esconder e rezar para que ele não me visse e passasse direto por mim. Do contrário seria alcançado ainda naquele quarteirão. Olhei em volta, mas não havia bons esconderijos. Até que, um pouco à frente, vi uma dessas caçambas enormes de lixo. Corri e me joguei dentro dela. Um rato se assustou e pulou para rua, sumindo rapidamente num bueiro. Do meio do lixo fiquei olhando para a esquina. Vlad surgiu correndo e veio feito uma bala na minha direção. Afundei no lixo e esperei, enquanto rezava para não ser descoberto. Ouvi suas passadas largas e pesadas passarem ao lado da caçamba e seguirem rua acima. Voltei a olhar, agora para o outro lado, e o vi dobrando à direita na rua Machado de Assis. Saí rapidamente da caçamba e voltei correndo para a Dois de Dezembro em direção à praia. A ex-futura-vítima de Vlad ainda estava lá, desorientada, sem entender o que tinha acontecido. Agarrei seu braço e gritei:

— Corre que aquele cara é o Vlad! Ele vai te matar!
A mulher abriu dois olhos deste tamanho e me seguiu correndo. Ao chegarmos na rua da praia, um táxi passava. Entramos nele e seguimos voando para a redação do jornal.

Barbosa e Leandro chegaram quase ao mesmo tempo que eu e Cíntia, a coitada que por pouco não teve seu sangue sugado por Vlad. Pelo celular, já tinha contado a Leandro tudo o que acontecera.

— Podem deixar que na próxima vez que seguir o Vlad não vou dar mole — eu disse.

Os olhos de Leandro e Barbosa se esbugalharam:

— Ficou maluco?! Não quero você arriscando sua vida nem a de mais ninguém. A matéria vai ficar do caralho com o que já temos. Você vai ligar agora pro Everaldo e deixar o resto com ele — disse Barbosa, definitivo e me esticando o telefone.

Foi uma ordem firme, direta, decidida, que não deixava margem a réplicas. Barbosa tinha dom para dar ordens. Não era chefe do jornal à toa. Não consegui contestar. Liguei para Everaldo e contei o que tinha acontecido. Everaldo me chamou de maluco, me deu um esporro, mas depois me elogiou e agradeceu. Ia arranjar um mandado e correr para o apartamento de Vlad.

— Quero ir com vocês — gritei no telefone.

Everaldo disse que depois de descobrir tudo o que tinha descoberto, eu merecia. Concordou. Leandro e Barbosa me chamaram de maluco:

— Já não chega o que aconteceu hoje?

Respondi que não. Queria estar presente quando Vlad fosse preso. Tinha ralado durante mais de um mês atrás do animal. Merecia. Leandro e Barbosa concordaram. Leandro colocou na minha mão uma máquina fotográfica digital:

— Então aproveita e fotografa a prisão dele.

Peguei a máquina e saí voando.

* * *

Quando cheguei na frente do prédio da Pedro Américo, Everaldo e dois policiais, Renato e Louzada, já estavam lá. Através do síndico do prédio, tinham descoberto o apartamento de Vlad: 810. Subimos ao oitavo andar e paramos na porta do apartamento. Everaldo ficou na frente e Renato e Louzada um de cada lado, todos com as armas na mão. O delegado tocou a campainha por um bom tempo, ninguém veio atender. Só uma vizinha meteu a cara assustada na porta. Everaldo se identificou grosseiramente e perguntou se não tinha ninguém no 810. A vizinha disse que não sabia, não conhecia o morador muito bem. Só sabia que era um homem alto e muito esquisito. Everaldo agradeceu de mau humor e mandou a mulher entrar. Assim que a mulher fechou a porta ele ordenou a Louzada:

— Abre.

. O policial enfiou alguma coisa na fechadura e em poucos segundos abriu a porta. Entramos, breu total. Everaldo mandou que eu acendesse a luz, enquanto eles apontavam as armas, um para cada lado do quarto e sala. Não parecia haver ninguém no apartamento. Por todo canto havia pequenas e tenebrosas figuras feitas num artesanato lúgubre: Dráculas, vampiros, lobisomens, todos com sangue escorrendo pelos cantos da boca, além de homens enforcados, mutilados e sem cabeça, caixões, túmulos... Tudo muito esquisito.

— Porra, o ar aqui dentro parece que pesa — reclamou Louzada.

— Não é pra menos — disse Renato, mostrando a janela — tá tudo vedado com fita isolante.

Everaldo estava de bom humor e me olhou com um sorriso:

— É, parece que o teu vampiro tem medo da luz do dia mesmo.

O apartamento era todo vedado para evitar a entrada de luz. No quarto, em cima da cama, em vez de colchão, havia um caixão enorme, aberto e vazio. Senti um arrepio:

— O maluco dorme num caixão mesmo — disse Renato, enquanto eu fotografava tudo.

Abrimos o armário. Estava uma bagunça.

— Ou ele é normalmente zoneiro ou passou aqui antes da gente pra pegar roupa — disse Everaldo — e se foi a segunda opção, perdemos o cara.

Tirei uma última foto do caixão e quis saber de Everaldo o que iríamos fazer.

— Sentar e esperar.

— Mas você acha que ele pode voltar? — perguntei.

— Talvez não. Mas temos que tentar. Renato, desce e compra uns sanduíches e muito café, que a noite pode ser longa.

Renato saiu e Everaldo tentou ficar confortável no sofá da sala. Não conseguiu:

— Porra, que sofá duro! Esse Vlad deve ter cu de ferro!

Louzada riu e também sentou, só que numa poltrona, a única outra opção ao sofá onde Everaldo tentava ficar confortável sem êxito:

— Essa poltrona até que não é ruim — disse Louzada.

— Então vem pro sofá que eu vou sentar aí. Regalias de chefe — respondeu Everaldo.

Louzada pareceu não gostar muito, mas obedeceu. Everaldo se largou pesadamente na poltrona:

— Ah, bem melhor. Senta aí, Marcos, o teu vampiro pode demorar.

Preferi ficar examinando o artesanato fúnebre do apartamento.

— Por que o animal tem tanta coisa mórbida assim? E um monte igual!

— Tem gosto pra tudo nesse mundo — respondeu Louzada.

— Ou ele é artesão e vende essas porcarias numa feira hippie da vida — disse Everaldo.

— Mas alguém compra essa merda?!

— Tem gosto pra tudo nesse mundo — disse Everaldo, arremedando Louzada e se esticando na poltrona.

O elevador fez barulho lá fora e Everaldo e Louzada pularam com as armas na mão. Passos no corredor e três batidas na porta. Everaldo guardou o revólver:

— É o Renato. Abre.

Louzada abriu e Renato entrou com vários sanduíches e uma garrafa de dois litros de guaraná cheia até a metade com café. Comemos os sanduíches, bebemos café e esperamos. Mas até três da madrugada, quando apaguei, Vlad não tinha aparecido. Às sete da manhã Everaldo me acordou. Eles tinham tirado a vedação de todas as janelas do apartamento e a luz do dia entrava.

— O maluco não voltou e, se leva mesmo a sério esse lance de luz do dia, não vai aparecer mais até o sol se pôr — disse Everaldo, cansado.

— O que a gente faz? — Quis saber Renato.

— Vamos montar campanas na porta do prédio e da *lanhouse*. Enquanto isso, vou conversar com a vizinhança. Alguém deve saber alguma coisa sobre o nosso vampiro.

* * *

Everaldo estava certo. Vladimir Gonçalves da Silva, vulgo Vlad, era artesão e trabalhava na feira noturna da Avenida Atlântica, em Copacabana.

— Emprego perfeito pra um vampiro — brincou.

De dia dormia no caixão e fazia seu estranho artesanato no muquinfo da Pedro Américo, protegido da luz do sol pela vedação; à noite saía para vender suas quinquilharias e arranjar um sanguinho para chupar.

Os artesãos da feira na Avenida Atlântica disseram que Vladimir era um cara esquisito. Quase não falava com ninguém e uma vez, quando outro artesão, sem querer, avançou um pouquinho em seu espaço, teve uma reação violenta, quase matando de porrada o pobre coitado. Depois dessa noite, todos os artesãos passaram a evitá-lo.

Seu artesanato vendia, agradava aos turistas, que achavam exóticas aquelas figurinhas mórbidas.

— E as campanas? — Perguntei.

— Nada. Tem dois dias que ele não aparece em casa, na feira ou na *lan-house*.

— E como vamos pegá-lo?

— Vamos esperar. Mais cedo ou mais tarde ele vai ter que aparecer em casa ou na feira.

— E vocês acharam as peças das roupas das vítimas no apartamento dele?

— Não.

— Estranho. Será que ele anda com essas coisas pra cima e pra baixo?

— Ele pode ter queimado tudo, jogado fora...

— Não faz sentido. Ele se arriscou pra pegar essas coisas. Não ia jogar fora. Aliás, tem uma coisa que eu nunca entendi: ele sempre pega uma peça de roupa de suas vítimas. Mas de uma das vendedoras só pegou uma parte do lenço de cabeça. Por quê, hein?

— Provavelmente tava chegando alguém, o lenço não saía da cabeça da coitada, pra não ser visto ele rasgou o lenço e levou o que deu pra levar.

— É, é uma teoria — concordei.

Louzada chegou com novidades. Tinham descoberto a mãe de Vlad, que morava em Madureira.

— E aí, o que ela disse? — perguntou Everaldo.

Louzada contou que a mulher não via o filho há mais de dez anos. Quando criança, Vlad adorava se fantasiar e brincar de vampiro. Quando cresceu, não queria nada com a hora do Brasil, só se interessava em ficar lendo aquelas esquisitices sobre lobisomens, vampiros chupadores de sangue e dráculas. Um dia a velha explodiu: pagou uma decisão e o mandou largar daquela palhaçada mórbida e pegar no pesado. Vlad sumiu e ela nunca mais ouviu falar dele.

— Os amigos e irmãos contaram a mesma história: não o veem desde que ele fugiu de casa há dez anos. Ah, e o pai sumiu quando ele nasceu — finalizou Louzada.

Passei na redação. As coisas iam muito bem, com o jornal vendendo o dobro do normal. Minhas matérias sobre Vlad estavam arrebentando. Eu e Leandro tivemos a tal reunião com o Barbosa, que estava cheio de planos para a área policial:

— Crime está em alta. Vamos arrebentar. E vocês dois é que vão encabeçar tudo.

Fiquei feliz e, educadamente, bem ao estilo do novo Marcos Sacramento, perguntei se o aumento de trabalho e responsabilidade viria acompanhado de um aumento de salário. Barbosa riu e disse que, com o aumento das vendas do jornal, os anunciantes estavam entusiasmados:

— É claro que vocês dois terão um bom aumento.

O novo e o velho Marcos Sacramento ficaram muito felizes. Era a primeira vez em toda minha carreira de jornalista que eu recebia elogios e aumento ao mesmo tempo. Talvez Roberto estivesse certo.

Liguei para ele e marquei um almoço. Roberto ficou feliz de me ver bem:

— Não falei? Quando a gente é profissional, as coisas acabam acontecendo. E você nunca tinha sido profissional na vida.

Agradeci a força que tinha me dado e na saída trocamos um longo abraço.

Cheguei em casa com um sentimento novo e estranho no peito. Queria comemorar, sair para jantar, me divertir. Fazer parte do mundo era muito bom. Pena que eu tenha demorado tanto tempo para descobrir. Mas sair com quem? Edna estava brigada comigo e fora o Roberto eu não tinha mais nenhum outro amigo. Liguei para Nicole e contei as novidades. Ela ficou muito feliz, apesar de me achar otimista demais:

— O Vlad ainda não foi preso. Você não tá mais com medo?

Disse que não, estava feliz e queria comemorar minha promoção no jornal:

— Vamos jantar hoje à noite?

— Se você não se assustar com meu preço de novo...

— Eu não me assusto com mais nada na vida. Escolhe um restaurante legal, mas que não seja o da última vez. Quero esquecer aquela noite que estraguei.

— Deixa comigo.

— Às nove?

— Às nove.

* * *

Nicole escolheu um simpático restaurante no Humaitá. A pequena casa de massas italianas tinha apenas oito mesas e o dono e *chef* atendia a todos pessoalmente. Deve ter sido o restaurante mais chique em que eu jantara nos últimos dez anos. A puta, quer dizer, Nicole, tem bom gosto para restaurantes. Deve estar acostumada a frequentá-los com seus clientes chiques que topam pagar trezentos reais por uma trepada. Mas não era esse o tipo de pensamento que o novo Marcos Sacramento teria. O antigo pensaria assim. O novo só queria saber de curtir a massa, o vinho e a conversa, todos excelentes.

Nicole contou que Arnaldo tinha ligado. O estágio estava acertado e ela começaria na semana seguinte. E Cláudio nunca mais a importunara:

— Graças a você — agradeceu com um sorriso.

Por conta disso, sua vida andava meio confusa. Não queria mais atender seus clientes, para não atrapalhar a nova profissão. Mas eles não paravam de ligar.

— Troca de celular e não dá o novo número pra ninguém — sugeri.

— Não dá. A grana que vou ganhar no estágio ainda é muito pouca. Vou ter que levar as duas profissões durante um tempo. Tomara que não dê confusão.

Quando saímos do pequeno restaurante, Nicole quis ir até a Cobal do Humaitá:

— Um amigo meu está tocando num bar de lá e eu prometi dar uma passada.

Achei a ideia péssima. Edna morava em frente e vivia nos bares da Cobal. Mas eu não podia dizer a verdade a Nicole. Ela me sacanearia, me chamaria de bunda-mole, diria que ia colocar uma coleira no meu pescoço com o nome da Edna... Não disse nada e fomos.

Tem coisas que só acontecem comigo e com o Botafogo.

É claro que Edna apareceu. Justo quando eu e Nicole estávamos sentados numa mesa do bar, no justo momento em que, sabe lá Deus por quê, o novo Marcos Sacramento teve a infeliz ideia de fazer um carinho na mão de Nicole. Edna ficou uma fera:

— Filho da puta! Vem se esfregar com essa piranha na frente da minha casa! E você, ô, vagabunda, isso aqui não é bar de puta, não! Sai fora! Volta pra tua área! — tudo isso aos berros.

A música parou e juntou gente para ver o barraco. Nicole foi fina: disse que não queria confusão e tentou sair. Mas Edna a agarrou pelos cabelos, dizendo que ela não ia sair assim e as duas rolaram pelo chão. Corri e tirei Edna de cima de Nicole, mas justo na hora em que a segurei, Nicole acertou um tapa na cara da minha, agora com certeza, ex-namorada. Edna ficou irada, me acusou de tê-la segurado para que Nicole a esbofeteasse e partiu para cima de mim. Os seguranças chegaram e nos botaram para fora.

Embaixo das amendoeiras da rua Humaitá, ainda tentei conversar com Edna (Nicole tinha sumido), mas ela me deu um tapa na cara, daqueles estalados, de mão aberta:

— Devolve isso pra tua prostituta! Espero que vocês sejam muito felizes! Você, a tua puta e todos os clientes dela!

Jeito estranho de terminar um namoro. Foi a última vez que vi Edna.

* * *

É bom levar tapa na cara de uma mulher. Se ela chega a esse ponto, significa que você é um homem por quem vale a pena lutar. Ou então você fez uma grande cafajestada com ela. Eu estava com a consciência tranquila. Não tinha feito nenhuma cafajestada com Edna, nem grande nem pequena. Ela que era uma louca ciumenta. E devia gostar mesmo de mim, afinal, saiu na porrada em público por minha causa e no final me deu o tapa como despedida e término de namoro. Confesso que fiquei orgulhoso. Já tinha levado tapas de outras mulheres, mas nessas vezes eu tinha agido como um canalha, merecia. Dessa vez não, foi um tapa injusto, sem razão, imerecido. Um tapa assim enobrece um homem. Era mais ou menos isso que passava por minha cabeça enquanto eu dirigia até a casa de Nicole. Tinha recebido um adiantamento de Barbosa e já estava dando para encher o tanque do carro novamente. Estacionei e subi. O cheiro de Lula no apartamento estava insuportável e sugeri que descêssemos para passear com o fedorento. Nicole pôs a coleirinha em Lula e disse, sacana:

— Essa coleira ia ficar melhor em você.

Educadamente, bem ao estilo do novo Marcos Sacramento, pedi que Nicole parasse com as provocações. Tinha vindo conversar, saber como ela estava e pedir desculpas pela noite anterior, apesar de não ter tido culpa de nada.

— Eu estou bem, apesar da tentativa de assassinato da sua namorada.

— Ex-namorada.

— Ah, terminaram?

— Terminamos. Quer dizer, acho que terminamos. Quando uma namorada dá um tapa na cara do namorado e vai embora sem dizer nada é porque acabou, não é?

Nicole riu e, depois que entramos no elevador, fez uma voz condoída:

— Levou tapa na cara? Coitado...

Contei que Edna tinha mandado devolver o tapa que levara. Nicole riu de novo. Reclamei:

— Você é foda, hein? Justo na hora em que eu seguro a Edna pra apartar a briga, você dá um tapa na cara dela?! Ela ficou achando que eu tinha segurado ela pra você mandar ver.

— Desculpa, mas aquela louca tava me machucando. E eu mandei a mão antes de você segurar a doida. Quando vi, já tinha ido, não tive como recuar. Mas vamos combinar, aquela grossa tava merecendo.

Rimos.

— E agora, sem namorada, como é que você vai ficar?

— Melhor do que com a Edna, imagino. E o estágio? — mudei de assunto, enquanto descíamos a Machado de Assis.

Chegamos na praia e dobramos à esquerda, conversando e caminhando em direção ao Centro. A tarde estava agradável, a conversa também. O estágio estava certo, seria numa firma chamada Carvalho & Castro Advogados Associados, de um amigo de Arnaldo, e ela começaria na semana seguinte. Falamos do fim de meu namoro e Nicole tentou me animar. Com delicadeza, disse que tinha sido melhor assim. Achava Edna uma mulher muito baixo nível. Sabia que ela também não podia falar muito quando o assunto era nível, afinal era uma prostituta. Mas achava que eu merecia coisa melhor para namorada. Contei que Roberto achava a mesma coisa.

A conversa estava tão gostosa que, quando percebemos, já tínhamos passado da Marina da Glória. Nuvens cinzas no céu prometiam nova chuva fina. Sugeri que voltássemos por dentro e não pela praia:

— Se a chuva cair tem marquise pra nos proteger.

Nicole concordou e fomos até o Largo da Glória, voltando no sentido contrário do trânsito, até pegarmos a rua do Catete. Tínhamos andado muito e eu estava exausto.

— Você tá é velho — brincou Nicole.

Eu disse que não era só eu. Lula parecia exausto também, andando lentamente, orelhas e rabo caídos, a língua para fora pingando suor e saliva. Mas, ao passarmos em frente a um hotel vagabundo, logo depois da Correia Dutra, o fedido desembestou. Começou a pular e ganir, excitadíssimo. Tinha farejado alguma coisa e queria porque queria entrar no hotel.

— O que deu nesse doido? — perguntou Nicole.

— Deve ter alguma batata da perna interessante aí dentro — brinquei.

Lula estava tão excitado que, com a agitação, arrebentou a coleira e entrou feito uma bala hotel adentro. Corremos atrás e nos desculpamos com o sujeito da recepção, um simpático nordestino chamado Josué, que brincou conosco:

— Só não deixa ele fazer cocô. Meu chefe me mata.

Subimos até o segundo andar e encontramos Lula na porta de um quarto pulando e ganindo. A excitação do pulguento era idêntica à daquele dia, no quarto de Solange, quando eu pegara uma blusa de sua falecida dona. Os fatos se ligaram em minha cabeça em centésimos de segundo: "Cheiro da roupa de Solange, as peças de roupa das vítimas que Everaldo não achara, a blusa que faltava quando Solange foi encontrada morta: Vlad!" Ele devia estar se escondendo naquele hotel e Lula sentiu o cheiro da blusa da ex-dona e se excitou.

Nicole achou que eu estava doido. Lula não teria esse faro todo:

— É só um pequinês vagabundo.

Ignorei o comentário de Nicole, segurei Lula no colo e empurrei a porta do quarto. Estava aberta. Entramos. Breu total. Acendi a luz. Em cima da cama estavam todas as peças de roupa que Vlad tirara de suas vítimas. Peguei a blusa e Nicole e Lula confirmaram que era de Solange.

— Ele tá hospedado aqui — sussurrei a Nicole. — Vamos avisar o Everaldo!

Quando íamos saindo, a porta do banheiro se abriu e Vlad entrou:

— Você de novo?! Dessa vez você não me escapa!

Ainda com Lula no colo, corri para a porta, mas Nicole ficou pregada ao chão, petrificada, olhando Vlad com dois olhos aterrorizados. Quando voltei para puxá-la, Vlad correu até a porta e a fechou:

— E trouxe um aperitivo — disse, examinando Nicole de alto a baixo. — Excelente. O cachorro eu vou dispensar, mas o sangue da moça vou beber com prazer.

Vlad moveu seu corpanzil em minha direção. Larguei Lula no chão e tentei sacar a pistola, mas ele foi mais rápido e tomou a arma de mim:

— Não sei pra que você insiste em usar essa porcaria. Ainda não entendeu que sou imortal?

Vlad agarrou a mim e a Nicole ao mesmo tempo. Tentamos gritar, mas ele tampou nossas bocas com a mão e colou uma fita adesiva prateada em cada uma delas. Depois nos amarrou com um barbante grosso que usava em seu artesanato macabro. Estranhando a cena, Lula começou a latir. Vlad o agarrou e torceu seu pescoço como se fosse uma galinha. Ouvimos o barulho dos ossos se partindo e Lula serenou. Vlad atirou o corpo do fedorento num canto do quarto e sorriu:

— Pronto. Não vai nos incomodar mais.

Nicole se desesperou e começou a chorar e a se debater, mas sem resultado. Eu não sabia o que fazer. Estava muito bem imobilizado, não podia pegar o crucifixo no bolso (que eu nem mais sabia se funcionaria) nem a pistola, que agora jazia largada em cima de uma mesa no canto do quarto. Vlad avançou em nossa direção e sorriu com seus caninos avantajados:

— Primeiro as damas.

Dobrou o pescoço de Nicole para o lado e se preparou para chupar seu sangue. Tentei me soltar, usando toda minha força, mas estava muito bem amarrado. A única coisa que podia fazer era olhar pela última vez os olhos doces de Nicole, que agora tinham perdido toda a doçura e só refletiam desespero. Os dentes de Vlad estavam a poucos centímetros do pescoço dela, quando ouvimos batidas na porta. Vlad parou e aguardou. Novas batidas e a voz de Josué se ouviu lá fora:

— Seu Vladimir. Seu Vladimir.

Como se tivéssemos combinado, eu e Nicole começamos a nos mexer freneticamente e tentamos fazer o máximo de sons que a fita prateada em nossas bocas permitia. Vlad se aproximou e colocou suas mãos enormes em cada uma delas, abafando ainda mais o som. A porta se abriu lentamente e Josué entrou:

— Seu Vladimir, o que tá acontecendo aqui, Jesus?!

— Esses ladrões entraram no meu quarto — disse Vlad, enquanto se levantava e fechava a porta atrás de Josué, que olhava o quarto assustado.

Quando os olhos de Josué esbarraram no corpo de Lula jogado no canto, ele perguntou:

— Mas o que aconteceu com o cachorro? Ele também é ladrão?!

Vlad agarrou e imobilizou Josué, dobrou seu pescoço para o lado e cravou os caninos na jugular do coitado. O sangue escorreu pelo canto da boca de Vlad e Josué tentou gritar. Num gesto brusco e preciso, Vlad forçou ainda mais o pescoço do porteiro e ouvimos o barulho de ossos se partindo. Os olhos de Josué se esbugalharam e seu corpo sossegou. Nicole não aguentou assistir a cena e virou o rosto, enojada. Vlad continuou chupando o sangue de Josué com uma voracidade animal. A sucção fazia um barulho desagradável, insuportável de se ouvir. Também virei o rosto e olhei para Nicole, que estava desesperada. Ficamos nos olhando tristemente, como se disséssemos adeus um ao outro. Quando o barulho da sucção terminou, virei o rosto de volta. Vlad largou o corpo de Josué no chão e nos olhou, trincado e feliz, sangue escorrendo pelo canto da boca:

— Ah, sangue fresco! Como isso é bom! Agora é a vez de vocês — disse, avançando em nossa direção.

Mas no meio do caminho alguma coisa aconteceu. Vlad parecia estar saindo de si. Seus olhos rodopiaram nas órbitas e seu rosto ficou ainda mais pálido. Sentiu uns engulhos, deu meia volta e correu para o banheiro, fechando a porta em seguida. De lá de dentro o ouvimos vomitar a alma. Nicole e eu nos olhamos sem entender nada. Aproveitei e rolei pelo quarto. Consegui abrir a porta com os pés e saí rolando pelo corredor. Na porta do quarto ao lado, havia uma bandeja com uma refeição terminada. Consegui pegar a faca e comecei a cortar o barbante grosso que me amarrava, ao mesmo tempo em que vigiava a porta do banheiro, que continuava fechada. Consegui me livrar dos barbantes e da fita adesiva e corri de volta ao quarto. Quando peguei a pistola em cima da mesa, Vlad saiu do banheiro. Ele se assustou ao me ver livre e em pé, com a arma na mão. Mas logo em seguida sorriu:

— Você continua achando que pode me matar com isso, não é?

E avançou na minha direção. A voz de Adalberto ecoou novamente em minha cabeça:

— Encaixa a massa na alça!

Desta vez eu não estava bêbado. Dei o primeiro tiro e um buraco se abriu no peito de Vlad, espalhando sangue pela camisa. Vlad parou, olhou para o estrago em seu peito, sorriu novamente e continuou a avançar em minha direção.

— Encaixa a massa na alça!

Atirei mais três vezes, sendo que o último tiro mirei na testa. Acertei todos. Vlad parecia uma catarata de sangue, mas continuou avançando em minha direção. Dei ainda mais dois tiros, sendo que o último foi desferido com Vlad já por cima de mim, depois de ter me derrubado no chão.

"Fodeu", pensei. Tinha esvaziado a pistola em seu corpo, sendo que um dos tiros acertara sua testa, e ainda assim o animal não tinha morrido. Agora seu corpo estava sobre o meu, me dominando completamente outra vez. Busquei o crucifixo em meu bolso, consegui tirá-lo e o esfreguei no rosto de Vlad, mas não houve reação. Pensei novamente: "é, fodeu mesmo".

Só então percebi que Vlad não reagia a mais nada. Seu corpanzil me espremia de encontro ao chão, mas a única força atuando agora era a da gravidade. Empurrei-o e ele caiu ao meu lado. Me senti meio ridículo com o crucifixo na mão e olhei para Nicole. Seus olhos estavam esbugalhados e no lugar da doçura só havia pavor. Corri e a livrei do barbante e da fita prateada da boca. Ela estava transtornada e não conseguia desviar o olhar do corpo banhado de sangue de Vlad que jazia estendido no meio do quarto. Com carinho e dificuldade, desviei seu rosto da cena. Ela me abraçou com desespero e começou a chorar convulsivamente.

* * *

Nicole ficou transtornada com os acontecimentos do hotel da rua do Catete e não quis mais se separar de mim. Depois da delegacia, foi comigo até a redação do jornal, onde escrevi uma matéria e dei entrevista a Leandro para a edição do dia seguinte.

Pediu que não publicássemos seu nome, pois poderia atrapalhar seu trabalho e, principalmente, o estágio. Por volta das onze da noite deixamos a redação e a levei em casa. Ela estava com medo de ficar sozinha. Eu disse que era bobagem, Vlad estava morto e o caso encerrado. Dei um beijo em seu rosto e fui saindo, mas Nicole caiu novamente num choro convulsivo. Mudei de ideia e pedi que se acalmasse:

— Vou passar a noite aqui.

Nicole sossegou. Ia tentar dormir e pediu que eu ficasse com ela no quarto. Sentei em sua cama e esperei que se aprontasse. Ela foi até o banheiro e depois de um tempo voltou vestindo apenas uma camiseta branca, de tamanho muito maior que o seu, que deveria ser seu traje de dormir rotineiro e mais parecia uma saia curta, de tão grande. Me deu um beijo demorado no rosto, segurou minha mão e virou de lado. Em pouco tempo dormia tranquilamente. Quando seu sono ficou profundo, soltei sua mão com cuidado e fui dormir no sofá da sala.

O cheiro de Lula no apartamento ainda incomodava, mas não me impediu de dormir. Talvez porque eu estivesse agradecido ao fedorento, que tinha nos levado ao esconderijo de Vlad, pagando com a vida o ato irracional: "Um verdadeiro mártir canino", pensei, antes de fechar os olhos e dormir até o dia clarear.

Quando acordei, Nicole já estava de pé. Tinha feito café para nós dois e parecia mais calma. Eu tinha que ir até a delegacia, Everaldo pedira, depoimentos finais, aquelas coisas.

— Você vai ficar bem sozinha?

— Eu vou pra faculdade. Vou ficar bem.

— De tarde passo pra ver como você está.

— Vem, sim. Eu vou gostar.

Pela primeira vez vi o delegado da 9ª Delegacia de Polícia feliz. Everaldo estava brincando com todo mundo e me deu um abraço efusivo quando cheguei. Me levou para sua sala e fechou a porta. Perguntei o motivo da felicidade:

— Óbvio: me livrei do abacaxi do Vlad e não aconteceu nada com você nem com a Nicole. Isso é que se chama fechar uma investigação com chave de ouro.

Ele tinha todo o caso explicado:

— O tal de Vlad era um psicopata. Achava que era vampiro, mas tinha nojo do sangue que bebia, vomitava tudo depois. Se achava imortal, mas morreu com tiro de pistola comum. Vampiro brasileiro! Piada!

— E as peças de roupa que ele tirava das vítimas? Por que fazia isso?

— Esses caras são assim, gostam de guardar coisas que lembrem de seus feitos, como troféus. Agora ele não vai incomodar mais ninguém, está morto o filho da puta.

— Será que está mesmo? — perguntei.

Everaldo bufou:

— Peraí! Você ainda tá achando que o cara é imortal?!

— Não. Mas por via das dúvidas, quero ir no enterro dele. Só sossego depois que aparafusarem bem aquele caixão e o animal baixar à tumba.

Everaldo riu:

— O enterro é hoje, às cinco da tarde, no cemitério do Caju. A mãe quer dar um enterro decente pro salafrário. Desperdício de dinheiro. Tinha que jogar esse animal numa vala.

Dei os últimos depoimentos que Everaldo precisava e corri para a casa de Nicole. Ela estava tranquila. Parecia até alegre e implicou comigo:

— A Edna deve ter se arrependido do tapa que te deu. Você agora virou celebridade, tem até foto no jornal.

Pedi para mudarmos de assunto. Falar de Edna me incomodava. Nicole veio com outro assunto que me incomodava:

— Você reparou no tempo?

— Não. O que tem?

— O sol. Finalmente acabou aquela garoa fina que parecia que nunca ia parar.

— E você acha que isso aconteceu porque o Vlad morreu.

— Não sei. Só sei que foi um alívio ir pra faculdade hoje de manhã com aquele sol lindo. Graças a Deus o tempo ruim passou. Espero que não volte nunca mais.

Eu tinha marcado um encontro com Roberto e disse que precisava ir:

— Ele quer conhecer a sala nova que o Barbosa arranjou pra mim na redação.

Dali em diante, eu e Leandro comandaríamos a seção policial do jornal e eu pretendia direcioná-la para o lado da corrupção de policiais, políticos e os crimes com dinheiro público:

— Afinal, o país está essa merda um pouco por causa disso.

Nicole concordou e disse que também ia sair: tinha um cliente agora à tarde.

— Cliente no meio da tarde? — perguntei.

— Esses executivos mal casados que gostam de dar uma fugidinha do escritório no meio do expediente.

Saímos. Ofereci carona e Nicole aceitou, saltando na porta de um motel discreto e elegante no Centro. Assim que bateu a porta, arranquei rapidamente. Pelo retrovisor, percebi que Nicole estranhou minha arrancada brusca. É que eu estava ansioso para conversar com Roberto:

— O veado vai morrer de inveja da minha sala! É muito maior que a dele!

* * *

O cemitério do Caju é uma espécie de refúgio no início da Avenida Brasil. O lugar em volta é desagradável, com uma miríade de viadutos e o ar empesteado pelas fábricas sujas e cansadas. Mas depois de cruzar seus muros, somos tomados por uma sensação de paz. Todos os cemitérios são assim: ilhas de tranquilidade no meio da confusão das cidades. Sempre que entro num deles me aquieto. Lembro que sou mortal e em breve também estarei ali, dando uma boa relativizada nas mesquinharias diárias com as quais desperdiçamos boa parte de nosso precioso tempo aqui na Terra.

Pela primeira vez nos últimos vinte anos estava tudo indo bem em minha vida. O novo Marcos Sacramento parecia ter vencido a disputa com o antigo, passei a ganhar um salário razoável, tinha um futuro promissor no jornal e nenhuma vontade de me embebedar no bar do Cabral. Talvez estivesse até feliz, coisa tão rara em minha vida que até me deixava desconfortável. "Tudo dando certo assim só pode ser prenúncio de alguma merda grande que está pra acontecer", pensei, enquanto assistia ao rápido enterro de Vlad. Presentes apenas a mãe, três irmãos e dois ou três amigos de infância. Era uma gente muito pobre e a mãe parecia estar sofrendo bastante, apesar do longo período de tempo que ficou sem ver o maluco do filho. Pensei que fosse me hostilizar, mas, muito educada, veio falar comigo:

— Queria me desculpar pelo mal que meu filho causou.

Eu disse que não havia o que desculpar. Ela não tinha culpa de nada e, talvez, seu filho também não:

— Ele não era muito certo das ideias, né?

— É. Foi melhor assim. Agora ele vai poder descansar aquela cabecinha confusa.

— É o que espero — respondi.

Depois que o caixão baixou à tumba, sem nenhum outro incidente sobrenatural, me despedi rapidamente da mulher e fui para casa.

Olhei o apartamento de Botafogo como se já não morasse mais ali. Com o aumento de salário, ia poder bancar um apartamento melhor. Mas, apesar de ainda não ter feito nenhum movimento, tive a nítida sensação de já estar me despedindo daquele lugar onde quase perdera a vida.

Fiquei pelo escritório sem saber o que fazer. Barbosa tinha me dado uns dias para descansar, esfriar a cabeça e pensar na nova linha editorial que daríamos à seção policial. Mas eu não estava com cabeça para pensar em trabalho. Queria esquecer do mundo e assistir um filme. Mas odeio ir ao cinema sozinho e agora não tinha mais namorada. Liguei para Nicole, mas ela tinha cliente à noite. Que merda a vida dessa mulher. Deu para um à tarde num motel do centro da cidade, agora não pode ir ao cinema porque vai dar para outro à noite. Profissão esquisita essa.

Liguei a TV, mas não consegui me interessar por nenhum programa. Não estava me sentindo bem. Uma vozinha no fundo do meu inconsciente ficava ecoando em minha cabeça:

— Você matou mais um, você matou mais um...

Acho que baixou um complexo de Raskolnikov, personagem de *Crime e Castigo* de Dostoievski, que, depois de matar a velha usurária e sua irmã com um machado, sofria de febres e alucinações por conta de sua consciência culpada. Claro que eu não estava me sentindo culpado por ter matado Vlad. Era eu ou ele. Ou melhor, eu e Nicole ou ele. Em nenhum tribunal do mundo eu seria considerado culpado, tinha agido em defesa própria, não havia dúvidas. Mas, ainda assim, a maldita vozinha ficava ecoando:

— Você matou mais um, você matou mais um...

Entendi que não era a morte de Vlad que estava me angustiando, mas a outra, mais antiga. O novo Marcos Sacramento se exasperou, dizendo que a culpa não tinha sido minha:

— Você inventou essa história de que viu a morte no olho da puta só pra se martirizar.

Entendi perfeitamente o mau bocado por que Raskolnikov passou. Esqueci tudo e fui me deitar. É estranho colocar a cabeça no travesseiro sabendo que você acabou de tirar a vida de um homem. Foi o mesmo mal-estar de quando voltei do cemitério com meus pais, após o enterro de João, muitos anos antes. Ainda que Vlad fosse um louco e frio assassino, que matara nove pessoas e um cachorro pequinês. Só consegui relaxar e dormir quando convenci o antigo Marcos Sacramento de que tinha feito um grande bem à humanidade: aquele animal do Vlad jamais faria algo de bom para o mundo. A vida de pessoas assim não deveria mesmo ter valor algum. Adormeci achando que a humanidade tinha muito que me agradecer.

* * *

Nicole me ligou no final da tarde:

— Você ficou chateado comigo?

— Por quê? Tem algum motivo pra eu ficar chateado com você?

— Por eu não ter podido ir ao cinema ontem.

— Claro que não fiquei chateado. Você tinha que trabalhar. Aliás, foi bom?

— Que pergunta idiota.

— Idiota por quê? A coisa mais normal do mundo é querer saber se correu tudo bem no trabalho de outra pessoa.

— Você sabe muito bem que o meu trabalho não é igual ao das outras pessoas. Mas se você tá mesmo interessado eu posso responder: foi tudo bem, o cliente gozou duas vezes e me pagou direitinho. Quer saber mais algum detalhe?

— Não, me poupe, por favor.

Havia uma proposta de paz na nova pergunta de Nicole:

— Quer ir ao cinema hoje? Não marquei nada à noite pra não te deixar na mão de novo. Vamos?

Eu não tinha comida em casa nem tinha almoçado direito. Estava com vontade de comer bem à noite.

— Prefiro jantar. Topa?

Nicole topou e fomos ao mesmo restaurantezinho do Humaitá. O simpático e obeso *chef* e dono nos atendeu com gentileza idêntica à da vez anterior. E nos sugeriu um vinho nacional com excelente custo/ benefício.

O antigo Marcos Sacramento sempre achou essa veadagem de vinho a maior babaquice. Mas o novo assumiu as rédeas da situação: cheirou a rolha, rodou a taça para o vinho respirar, fez o líquido sambar na boca e o engoliu, assumindo um ar gravíssimo logo depois. O *chef* aguardava muito sério. Nicole prendeu o riso. Estalei a língua e disse:

— Excelente. Pode servir.

Nicole riu, sacana:

— Nossa! Você é um verdadeiro *sommelier*!

Mais uma vez o jantar foi delicioso. A comida, o vinho, a conversa, tudo tinha um custo/ benefício excepcional. Conversamos sobre nossos futuros (agora eu também tinha um), que queríamos bem diferentes de nossos passados e rimos muito um com o outro. Nicole tem um humor parecido com o meu e entende todos os meus comentários sarcásticos, que aos outros soam como grosseria. Com Edna era um inferno. Sempre que fazia um comentário ácido, ela perguntava assustada:

— Tá falando sério?

Odeio explicar piada.

Na volta, dentro do carro, em frente ao prédio de Nicole, a puta filha da puta me tentou mais uma vez:

— Você salvou minha vida. Hoje te dou desconto de noventa por cento. Excelente custo/ benefício, garanto.

Eu ri e tentei fazer as contas de quanto sairia a trepada com aquele fenomenal desconto, ao mesmo tempo que olhava as coxas estonteantes, mal cobertas pela saia colorida e de bom gosto que Nicole vestia. Mas ela não esperou pela minha matemática e me beijou. Não consegui pensar em mais nada. Cinco minutos depois estava deitado em sua cama perdendo minha virgindade mundana.

* * *

Sou um sujeito paradoxal. Consigo abarcar dentro de mim sentimentos antagônicos, que com certeza jamais caberiam dentro de outro ser humano concomitantemente. Não é à toa que carrego dentro de mim dois Marcos Sacramento. Deitado na cama de Nicole após o sexo, olhando para o teto branco de seu quarto, a única coisa que eu conseguia ouvir era a voz de minha consciência berrando:

— Babaca! Perdeu sua virgindade mundana! Babaca! Babaca!

Mas eu estava feliz. Por um lado, me sentia um merda completo por não ter resistido à Nicole. Tinha me igualado ao resto dos homens e chafurdado na mais imunda lama do universo masculino. Em pouco tempo Nicole sairia do banheiro e cobraria o sexo que acabara de fazer comigo e minha tão cantada virgindade mundana estaria acabada, súbita e impensadamente.

Isso era o que mais me incomodava: a forma irresponsável, corriqueira e mesquinha com que tudo acontecera. Eu até cogitava a possibilidade de perder meu hímen mundano, mas de forma preparada, planejada, com um ritual para celebrar a passagem. Mas tudo aconteceu da maneira mais idiota possível. Eu estava bêbado, sem trepar há algum tempo e cheio de tesão. Nicole mostrou suas coxas hipnóticas, fez a maldita proposta dos noventa por cento de desconto, me beijou e não consegui pensar em mais nada. Só no prazer que teria ao penetrar as sonhadas coxas de Nicole.

— Babaca — repetiu mais uma vez a insistente e pernóstica voz de minha consciência.

Mas outro lado meu estava extremamente feliz. Apesar da forma irresponsável como tudo acontecera, aquela mácula em minha vida mundana tinha sido a trepada mais maravilhosa de minha existência. Sempre que fantasiava sexo com Nicole, imaginava coisas do outro mundo. Afinal, ela era uma profissional, uma puta de trezentos reais, deveria fazer coisas prodigiosas na cama. Algo como um tornado tropical varrendo o quarto, tirando móveis e quadros do lugar e me deixando fora do eixo. Mas nada disso aconteceu. O sexo foi calmo, como um riacho tranquilo que corre sereno para o mar. E ainda assim, ou talvez por isso mesmo, eu estava completamente fora de meu eixo. Tentei apaziguar minha consciência:

— Por um sexo assim eu perderia mil vezes minha virgindade mundana.

Minha consciência não aceitou o argumento e continuou me xingando de babaca. Mas eu estava tão feliz que resolvi ignorá-la.

Nicole voltou do banheiro vestindo apenas sua camiseta de dormir grande e branca. Olhou para minha cara, riu e perguntou que sorriso bobo era aquele:

— Tá pensando em quê?

Resumi meus sentimentos paradoxais e a briga com minha consciência. Nicole riu:

— Você é bobo mesmo. Acha que eu vou cobrar?

— Não vai?!

— Claro que não, boboca. A gente veio pra cama porque eu queria você, não o seu dinheiro. Sua virgindade mundana continua intacta.

Boboca. Nicole me chamou de boboca. Há muito tempo não ouvia ninguém chamar ninguém assim. Quando se usa o xingamento boboca, e não babaca, como minha implacável consciência, só há dois significados possíveis: a pessoa quer te xingar de babaca, mas por algum motivo não pode usar o palavrão, o que é muito grave; ou o xingamento é quase um carinho, um jeito delicado de dizer que você se enganou, mas ainda assim a outra pessoa gosta muito de você. Escolhi a segunda opção. Nicole continuou, deitando ao meu lado na cama e me abraçando:

— Desde a primeira vez em que tentei te seduzir que eu não tinha intenção de cobrar. Acho um charme a sua virgindade mundana. Nunca faria nada contra ela.

— Quer dizer que eu resisti esse tempo todo à toa?

— À toa não. Sua força de vontade mostrou que você é um cara que leva a sério as coisas em que acredita, mesmo que pros outros essas coisas não tenham importância alguma. Acho legal isso num homem.

Meus anteriores sentimentos paradoxais se fundiram num único sentimento de felicidade. Uma felicidade como há muito não lembrava de sentir. Realizara meu sonho de penetrar as coxas estonteantes de Nicole, não perdera minha virgindade mundana e ainda recebia elogios. Fiz chacota com minha consciência, dizendo que babaca ela era e agarrei Nicole.

A segunda trepada foi ainda melhor que a primeira. Depois adormecemos abraçados nos braços um do outro. Estou no paraíso. O que é uma coisa inusitada para mim. Deve estar para acontecer alguma merda, alguma grande merda em minha vida.

* * *

Nicole acordou cedo, tomou banho e preparou café para dois. Quando a mesa estava posta me acordou. Perguntei por que levantara tão cedo.

— Esqueceu que eu tenho faculdade de manhã?

Enquanto mastigava uma torrada de pão integral, terminou de se arrumar e foi saindo:

— Eu tô atrasada, mas pode terminar seu café com calma. Quando sair, é só bater a porta.

Nicole tinha feito ovos mexidos, café e torradas com pão integral. Achei o café da manhã um banquete. Quando terminei, não tive vontade de ir para casa, apesar do cheiro de Lula que ainda empesteava o apartamento. Pensei em ficar por ali até Nicole voltar e agarrá-la de novo. Não tinha nada para fazer mesmo o dia todo.

Desci até a banca e comprei todos os jornais da cidade. Subi e deitei na cama de Nicole, onde li todos. Até os jornais concorrentes davam destaque ao repórter que solucionara o caso Vlad, matando o assassino e salvando duas vidas: a dele e a de uma misteriosa mulher que o acompanhava. Em algum momento adormeci e acordei com Nicole entrando no quarto:

— Você ainda tá aí?

— Estou.

— Por que não foi embora?

— Fiquei com preguiça... e...

— E?

— Eu queria transar com você de novo. Fiz mal?

Nicole não respondeu, apenas sorriu, tirou a roupa e deitou comigo.

Depois do sexo desatamos a falar sobre tudo o que passamos nos últimos tempos.

— Será que o Vlad morreu mesmo? — perguntou Nicole, meio preocupada.

— Ele não era vampiro. Morreu com bala de pistola comum.

— Sei lá. Pode ter vários tipos de vampiros. Esse morreu com bala comum. Ou não morreu. Só fingiu.

— Pra que faria isso? Eu fui no enterro. Vi aparafusarem o caixão, que depois desceu à tumba.

— Mas será que ele ainda tá lá?

— Você não tá falando sério, tá, Nicole?

— Não sei. Também acho difícil o cara ser vampiro. Mas muita coisa ainda não foi explicada.

— O quê?

— O sol só ter aparecido depois que ele morreu, a força descomunal que tinha, como entrou e saiu do seu apartamento, por que fugiu quando você encostou o crucifixo na testa dele...

— Melhor não pensar nisso. Vlad está morto e enterrado e nunca foi vampiro. Era só um psicopata, um maluco. Agora vem cá que eu quero mais.

Nicole se afastou delicadamente e levantou da cama:

— Agora não posso. Tenho um compromisso.

Não tive coragem de perguntar a natureza do compromisso dela.

* * *

Eu sabia. Uma grande merda estava acontecendo na vida do novo Marcos Sacramento. Havia muitas coisas boas: ele quase não falava mais palavrão, vivia sóbrio, se transformou da noite para o dia num profissional respeitado, estava ganhando dinheiro e já procurava um apartamento no Jardim Botânico ou Gávea para morar. Gávea. Quanto mais longe do Catete, melhor. O problema é que o veado parecia estar apaixonado por uma puta.

Ficar com Nicole era a única coisa que eu queria. E a cada encontro, um novo sexo, sempre melhor que o anterior. Taí uma coisa que nunca me aconteceu. Aliás, duas. Uma, me apaixonar por uma puta; outra, o sexo com Nicole. Com todas as mulheres que tive, o sexo ia melhorando, depois estacionava, oscilava, até que virava uma chateação. Com Nicole não. A cada vez ficava melhor, numa ascendente vertiginosa que eu tinha até medo de imaginar onde iria dar. Fiquei preocupado:

— Qualquer dia morro de prazer na cama.

O inferno eram os clientes de Nicole. Ela já tinha começado seu estágio no escritório de advocacia, estava indo bem, mas ainda não conseguia se bancar só com aquela grana. Queria, mas não podia dispensá-los. Saber que minha mulher se entregava a outros homens em troca de dinheiro era foda. Especialmente para mim, que sempre achei a prostituição uma sujeirada. Quer dizer, Nicole nem era minha namorada, quanto mais mulher. Mas saíamos tanto juntos que eu já a considerava no mínimo namorada.

Tínhamos tudo a ver um com o outro, coisa que raras vezes aconteceu em minha vida. Agora, despido de meus preconceitos sócio-funcionais, descobri que Nicole era a mulher mais bonita e gostosa que já vira em minha vida. Juntava-se a isso o fato de ser inteligente, ter bom humor e estarmos num momento de mudança de vida muito parecido. Era o verdadeiro paraíso estar com ela.

Mas Nicole ainda era uma puta. Será que, mesmo conseguindo vencer meus ciúmes doentios, um dia eu conseguiria assumir alguma coisa com ela? Sou um cara liberal, mas é foda saber que a mulher que acabou de transar com você vai se levantar da cama para se deitar com outro homem daqui a pouco. Mesmo sabendo que também era penoso para ela (Nicole me dizia isso).

Tentei não pensar no assunto, fingir que ela era uma fisioterapeuta que saía para atender clientes lesionados. Não funcionava. No minuto seguinte eu já achava que a lesão daqueles homens era no cérebro e me vinha uma raiva absurda, incontrolável, bestial. Como é que pode existir homem assim, que acha a coisa mais natural do mundo a ignomínia de pagar para ter sexo com uma mulher. Com a minha mulher. Com Nicole!

Uma noite fomos ao cinema. Era um filme americano babaca, onde dois casais, lindos e deliciosos, ficavam se pegando alternadamente, num verdadeiro suingue sexo-emocional. Não gostei do filme:

— Isso é filme de sacanagem pra intelectual. Eles não têm coragem de assistir filme pornô de verdade e ficam nessa punheta moral.

Nicole tinha gostado:

— O filme é verdadeiro, próximo do que acontece com a gente na vida. Por isso tem esse nome.

Resolvi discutir:

— Essa bobagem só é "assistível" porque os quatro atores são lindos. Se fossem feios, ninguém ia gostar dessa merda. Nem você.

— Eu teria gostado mesmo que os quatro atores fossem horrorosos. E você tinha deixado de falar palavrão. O que aconteceu? O filme te irritou tanto assim?

Não foi o filme. Antes da sessão começar, quando esperávamos no saguão do cinema, encontrei um dos riquinhos babacas que estudara comigo no colégio dos padres. Era um idiota, agora metido com arte, que vivia nessas festas onde se reúnem artistas de ego enorme e pau pequeno. Conversamos um pouco sobre o caso Vlad, que ele acompanhara pelos jornais, dizendo à esposa que me conhecia. Nicole disse que precisava ir ao banheiro e a mulher do cara foi com ela. Mal saíram o idiota comentou:

— Essa puta é uma coisa. Comi muito ela durante uma época aí.

Como eu não disse nada de volta, o babaca se assustou:

— Desculpa. Você não sabia que a Nicole é puta?...

— Claro que eu sei...

Ele suspirou aliviado:

— Que susto. Pensei que você tava namorando ela.

O babaca riu e eu disse a frase mais infame de toda minha vida:

— Claro que não, só tô comendo.

"Claro que não, só tô comendo"! Como tive coragem de dizer uma coisa dessas, justo da mulher por quem eu estava perdidamente apaixonado?! Me senti o pior de todos os homens. Muito pior do que o babaca com quem conversava, pior do que todos os homens que pagavam para fazer sexo com Nicole, pior do que qualquer homem que já tenha pago para fazer sexo com qualquer puta do mundo.

O imbecil ainda tentou entabular uma conversa idiota, querendo saber quanto Nicole cobrava hoje em dia, pensando em pegar o telefone dela para recordar os velhos tempos. Mas Nicole e sua mulher voltaram e disfarçamos. Nos despedimos e fomos cada casal para um lado, com o idiota piscando para mim muito mal disfarçadamente.

Nicole percebeu e perguntou:

— Por que ele piscou pra você?

— Sei lá, esse cara é maluco. Você conhece ele de algum lugar?

— Não.

— Então esquece. O cara é um babaca.

* * *

Depois do café da manhã, quando eu estava indo para o jornal e ela para a faculdade, Nicole disse que não deveríamos nos ver mais. Senti um baque no coração e perguntei o porquê daquilo, justo quando estávamos indo tão bem. Nicole disse que estávamos indo bem porque não tínhamos compromisso um com o outro. No momento em que assumíssemos alguma coisa, se um dia assumíssemos algo, os problemas surgiriam, avassaladores. E não daríamos conta deles.

— É claro que nós vamos dar conta — discordei — e é claro que eu vou te assumir quando chegar a hora certa.

Nicole deu um sorriso triste:

— A hora certa nunca vai chegar. Acredita em mim, querido. Já tive namorados e sei muito bem o que a minha profissão faz com um namoro. Eu gosto muito de você, mas não vai dar certo.

— Mas você está largando a prostituição.

— Mas quanto tempo vai levar? A advocacia ainda não me sustenta. Prefiro parar por aqui e preservar tudo de bom que rolou entre a gente.

— Então larga a prostituição agora. Eu te sustento até você poder se bancar com a advocacia.

Nicole sorriu, dessa vez sem tristeza, como se tivesse acabado de ouvir uma bobagem curiosa e engraçada dita por uma criança. Fez um carinho em meu rosto e disse:

— Acho linda a sua proposta, você é um homem raro, fico até tentada a aceitar. Mas não vai funcionar. Nunca dependi de homem nenhum. E a advocacia pode não dar certo...

Ia dizer que a sustentaria o resto da vida se fosse necessário, mas Nicole me fez calar, firme:

— Não diz mais nada. Foi maravilhoso o que aconteceu entre a gente. Mas acaba aqui. Por favor, pro teu próprio bem, pro meu também, não me procura mais.

E me levou até a porta como se eu fosse uma criança que de birra se recusasse a ir para o colégio. Me deu um beijo terno e fechou a porta. Fiquei no corredor ainda algum tempo, sem saber o que fazer. Depois desci, lentamente, e fui dirigindo até a redação, também muito lentamente. Fiquei remanchando em minha nova e grande sala, sem conseguir fazer nada.

— Puta que pariu! Fico anos sozinho, quando arrumo alguém, é puta e ainda me dá um chute na bunda! Sou um fodido mesmo!

A hora do almoço chegou, brinquei com a comida no prato e voltei para a redação. No caminho, passei em frente a uma dessas papelarias chiques, que vendem coisas lindas, sofisticadas e inúteis a preços exorbitantes. Numa estante, encontrei um cartão lindo, acho que de Paris, onde um namorado da década de cinquenta agarrava sua namorada da década de cinquenta e lhe dava um beijo igualmente da década de cinquenta. Era o cartão mais romântico que já tinha visto na vida. Lembrei de Nicole, meus olhos se encheram de lágrimas e fui tomado por um sentimento forte que não conseguiria descrever, mas que devia beirar a pieguice ou a insanidade. Comprei o cartão e um envelope lilás e voei de volta à redação. Freneticamente, comecei a escrever o cartão que faria Nicole mudar de ideia e voltar para mim.

Engraçado esta coisa de escrever com caneta. O que você usa influencia no resultado do texto? Um bilhete escrito a caneta é mais romântico do que um escrito com o teclado de um computador? Eu não escrevia a mão há tanto tempo que me pareceu que o meio alterava o resultado final, sim. Achei meu cartão o mais romântico texto que já escrevera em toda minha vida. Muito mais romântico do que se tivesse sido escrito com o teclado de um computador. Apesar da dor que me deu na mão depois.

Claro que essa era a opinião de um homem que até pouco tempo falava um palavrão a cada três palavras e mandava todo mundo tomar no cu por qualquer motivo. Ainda assim, achei o cartão romântico o suficiente para fazer Nicole voltar atrás em sua maldita decisão de não me ver mais. De qualquer maneira, eu precisava de uma segunda opinião. Não podia correr o risco de ter apenas minha tosca avaliação romântica sobre o cartão. A única pessoa a quem poderia mostrar o cartão era o Roberto. Mas o veado já tinha me recriminado por namorar vendedoras de loja, imagina o que diria quando soubesse que eu estava apaixonado por uma puta. Pensei em pedir sua opinião como se fosse para um amigo, ou não contar que era para Nicole. Mas o novo Marcos Sacramento foi categórico:

— Admite a sua insegurança e pede ajuda pro seu amigo, idiota!

Segui o conselho do novo Marcos Sacramento.

＊ ＊ ＊

Roberto entrou no restaurante de saladas ao meio-dia e meia, pontualmente como sempre, o veado.

— Até que enfim você rescindiu seu contrato de exclusividade com o bar do Cabral. Agora podemos comer sem comprometer nossa saúde.

— Pra você ver o que um aumento de salário pode fazer na vida de um homem.

Roberto riu. Conversamos sobre trabalho, amenidades, até que ele fez a pergunta que eu ansiava e temia:

— E aí? Que opinião é essa que você quer de mim? Terminou o seu livro de contos?

Roberto também tinha seu livro de contos meio esquecido e inacabado em alguma pasta de seu HD. Como eu, sabia que nunca o terminaria, mas também não conseguia abandoná-lo. E vivíamos sacaneando um ao outro com o assunto.

— Não, é muito mais grave — respondi — é um cartão pra fazer uma mulher voltar pra mim.

Roberto se irritou:

— Ah, pelo amor de Deus! Cartãozinho de amor pra Edna?! Essa literatice barata eu me recuso a ler!

— Não é pra Edna, é pra Nicole. Eu estou apaixonado por ela.

A confissão saiu assim, direta, rápida, sem vaselina. Achei que era o único jeito de contar. Se pensasse muito não teria coragem de falar. Roberto se surpreendeu:

— Você e a Nicole estão tendo um caso?!

— Estávamos. Mas ela achou melhor terminar. E eu não quero.

Roberto riu e eu esperei pela bronca. Mas o veado me surpreendeu:

— Que legal! A Nicole é uma mulher maravilhosa. Tem tudo a ver com você.

Hã?! O caretão que achava um absurdo eu namorar uma vendedora de loja não via problema em namorar uma prostituta?! Roberto se explicou:

— Você é burro mesmo. Já te falei que meu problema não é com a profissão da Edna, é com a Edna. Com as Ednas que você costumava sair. Elas têm alma de vendedora de loja e nunca vão ser mais do que isso, mesmo que queiram.

— E a Nicole? Ela é puta.

— A Nicole não é puta, está puta. Mas tenho certeza que quando largar a prostituição vai ser uma advogada do cacete.

— Peraí! Você sabe que a Nicole faz faculdade de direito?!

— Sei.

— Mas ela me disse que ninguém sabia disso.

— Eu tenho um amigo que é professor na Cândido Mendes. Um dia fui almoçar com ele e vi a Nicole lá. O cara me contou que ela é uma de suas melhores alunas. Vai ser uma puta advogada. Sem trocadilhos.

— Mas você não contou pra ele que ela...

— Claro que não. Mas olha: vai fundo. Você e a Nicole têm tudo a ver. Parabéns, cara! E ela é uma gata! O Roberto é dessas pessoas especiais que nos surpreendem a toda hora. Por isso gosto do veado. E ele gostou do meu cartão:

— Com um cartão desses até eu voltava pra você — brincou.

Tirei o cartão de suas mãos antes que ele tentasse se engraçar pro meu lado. Roberto riu.

* * *

Não me importo com nada, só com o futuro. Nele, quero você do meu lado, sempre. Se quiser continuar com sua profissão, também aceitarei, desde que eu seja seu cliente único e exclusivo, ainda que tenha que perder mil vezes minha virgindade mundana. Pra te ter a meu lado, pago qualquer preço. Até o seu.
Te amo,
Marcos

Foi esse o cartão que Nicole recebeu na mesa do pequeno restaurante italiano do Humaitá, agora o nosso restaurante. Seus olhos se encheram de lágrimas, ela tentou dizer alguma coisa, mas não conseguiu. Ficou chorando miúdo de cabeça baixa durante um tempo e depois disse, examinando a fotografia do outro lado:

— É lindo.

Peguei sua mão:

— Então? Estamos juntos de novo?

— Não.

Não?! Que porra é essa?! A mulher acha meu cartão lindo, se debulha em lágrimas e diz que não vai voltar comigo?! Nicole disse que não podia exigir de mim mais do que eu podia dar. E eu já tinha dado muito. Estava na hora de parar, antes que sofrêssemos mais. Eu quis saber que história era aquela. Estava a fim de qualquer coisa para ficarmos juntos e ela vinha com um papo furado de que eu não podia dar mais?!

— Marcos, seja sincero com você mesmo: você vai conseguir se juntar com uma mulher que já foi prostituta?

— Vou!

— Então por que você não contou ao seu amigo de colégio naquele dia do cinema que nós estávamos juntos?

Fiquei tonto:

— Como é que você sabe que eu não contei?

— Imaginei. Eu não estava com vontade de ir ao banheiro quando me separei de vocês. Só queria ver o que ia acontecer quando você encontrasse um de meus clientes.

— Aquele babaca é seu cliente?

— Foi, há muito tempo. E mesmo sem ter escutado a conversa de vocês, sei exatamente o que disseram. Primeiro ele se assustou por te ver com uma puta, deu uma de bom amigo e te alertou. Aí você negou que estávamos juntos e disse que só estava transando comigo. Não foi isso que aconteceu?

Baixei a cabeça e não disse nada. A mulher era foda, sabia tudo! Tentei pedir desculpas pela babaquice do cinema, mas Nicole não me deixou falar:

— Entenda bem, querido: não tô te culpando de nada. Me aceitar como mulher é mais do que eu posso esperar de qualquer homem. E não tô te achando covarde, incompetente ou qualquer coisa ruim. Pelo contrário: você foi maravilhoso comigo. Só que chegou no seu limite. Não dá pra ir mais adiante. Se tentarmos, só vamos sofrer, eu e você.

Reconheci que tinha sido um idiota ao não assumir para o babaca do cinema que estava com Nicole. Mas desde aquela noite muita coisa mudara em mim.

— Esse pouco tempo que ficamos separados serviu pra mostrar que eu tô a fim de continuar e que vou conseguir.

— Não. A cada cliente que encontrarmos, vamos sofrer. Se me assumir, você vai se sentir mal; se mentir, vai se sentir pior ainda. É um beco sem saída. Não quero isso pra você nem pra mim.

— E você vai morrer solteira por causa desse... beco sem saída?

— Talvez não.

— O que você quer dizer com isso?

— Talvez existam homens que possam ir além do beco.

— Explica o que isso quer dizer, Nicole, por favor!

— O Arnaldo, por exemplo. Ele já esteve nessa situação várias vezes e não teve problemas em assumir que estava comigo.

O nome de Arnaldo me irritou:

— E você vai casar com ele, por acaso?!

— Talvez. Ele me pediu em casamento.

— Quê?! E você vai aceitar?!

— Talvez.

— Mas você não gosta desse cara! Você gosta de mim!

— É. Mas nem sempre a gente fica com a pessoa que ama. Vamos terminar por aqui. Vai ser melhor. Tchau.

Nicole me deu um beijo carinhoso no rosto, levantou e saiu. Não tive coragem de ir atrás. Não havia raiva ou rancor em suas palavras. Pelo contrário, eram até doces. Ao mesmo tempo tinham uma firmeza que me pareceu inabalável. Ir atrás dela não mudaria nada.

O obeso *chef* e dono do restaurante veio até a mesa e perguntou se eu queria mais alguma coisa.

— Não, me vê só a conta.

* * *

"Y así pasan los dias
Y yo, desesperando
Y tú, tú contestando
Quizás, quizás, quizás

Bebi uma garrafa inteira de vodca. São quase quatro da manhã e "*Quizás, quizás, quizás*" está tocando na velha e decrépita vitrola portátil desde sete da noite. Com o aumento de salário eu já poderia ter comprado outro toca-cd, mas preferi não. "*Quizás, quizás, quizás*" simboliza melhor que qualquer outra música o momento por que estou passando. Aliás, em nossa última conversa, Nicole pronunciou várias vezes a maldita palavra: talvez, talvez, talvez... Pelo menos agora estou me embebedando com uma vodca de melhor qualidade.

Não sei se é o porre, mas sinto que tenho algo de Raskolnikov dentro de mim. Acho que a porra do personagem de Dostoiévski me persegue. Ou talvez apenas me atraia, não sei. Pode ser também uma fixação em pessoas abjetas. Tudo bem, Raskolnikov não era exatamente abjeto. Teve uma ideia abjeta (matar uma usurária que considerava desprezível, um piolho, para roubá-la e iniciar sua vida sem grandes dificuldades financeiras) e sofreu o resto da vida por causa de seu crime (e castigo que ele praticamente impôs a si mesmo). Gosto de gente assim, que vai ao fundo do poço, cai na sarjeta e se lambuza com a lama da podridão humana. Será uma atração? Ou esse sentimento torto vem do fato de eu ter nascido na merda do bairro do Catete? O que sei é que nos últimos tempos tenho me sentido voltando ao fundo do poço. E nem o novo Marcos Sacramento está conseguindo me salvar.

Minha consciência também voltou a incomodar. Mas por quê? Não tive culpa pela morte de Vlad, que, afinal de contas, deveria ter morrido mesmo, ele sim era um piolho. E já expiei suficientemente a culpa pelo assassinato de João ao longo de minha vida miserável. Mas então por que sempre volto a esse fundo de poço? Esse fundo poço lamacento de onde só saí uma vez, graças a uma puta.

* * *

"Siempre que te pregunto
Que, cuándo, cómo y donde
Tú siempre me respondes
Quizás, quizás, quizás"

Ouvi o bolero de Osvaldo Farrés umas cem vezes hoje. Acho sua tradução uma merda: "talvez, talvez, talvez". "Quem sabe, quem sabe, quem sabe..." ficaria muito melhor, daria várias e diferentes interpretações e segundas intenções. Mas esses tradutores são uns babacas. Não têm intimidade alguma com as palavras. Tenho tido pesadelos terríveis, tão reais que sempre acordo empapado de suor e medo. Depois, sinto o ar no quarto pesado, parece que vou sufocar e sou obrigado a ir para a sala, abrir a janela e respirar o ar puro da noite. Quase nunca consigo voltar a dormir depois de um pesadelo desses. E é sempre o mesmo personagem que me aparece nesses sonhos maus: o babaca do Vlad. A porra desse apartamento também anda estranha. Nunca encontro as coisas que procuro, parece que mudam de lugar, por vontade própria. Outro dia, depois de procurar horas pelo grampeador (que estava no banheiro), coloquei-o em cima do computador e escrevi bem grande no meu quadro de cortiça: "o grampeador está em cima do computador, porra". No dia seguinte ele apareceu na cozinha sem que eu o tivesse usado.

A janela da sala também anda esquisita. Toda noite a fecho antes de dormir, mas quando volto à sala, de madrugada, em busca de ar fresco, depois de mais um pesadelo, ela está aberta. Ouço vozes o tempo todo e tenho certeza de que no meio delas está a de Vlad. Será que o filho da puta voltou para infernizar ainda mais minha vida infeliz?

Não devolvi a pistola que Everaldo me emprestou e ele também não pediu de volta. Talvez tenha esquecido ou resolveu me dar de presente, uma estranha lembrança de minha mórbida aventura no Catete. Agora, antes de dormir, sempre a coloco carregada embaixo do travesseiro, para o caso de Vlad voltar. Nos pesadelos, ele faz coisas horríveis com pessoas que não conheço e sempre me avisa que minha hora vai chegar:

— Você achou que podia me matar. Agora vai pagar pelo engano — ameaça, com a voz firme e seu olhar insano.

Assim como Raskolnikov, estou ficando louco. Há duas semanas não consigo dormir. Agora mesmo tentei e tive o pior de todos os pesadelos. Dessa vez, Vlad entrava na casa de Nicole, me advertindo:

— Vou começar com a sua putinha. Depois pego você.

O sonho era quase real. Vi detalhes nítidos, como se estivesse num cinema de alta definição. Vlad arrebentava a fechadura da porta do apartamento de Nicole e entrava sem fazer barulho. Ia direto ao quarto, onde ela dormia com sua camiseta branca e larga. Pegava Nicole pelos cabelos, dobrava seu pescoço e começava a chupar seu sangue. Nicole acordava e gritava por mim. Vlad me olhava com os dentes tintos de sangue e seu olhar desequilibrado:

— Olha o que vai acontecer com ela.

E quebrava o pescoço de Nicole do mesmo jeito que fizera com Josué no hotel do Catete. O barulho dos ossos do pescoço de Nicole se partindo foi insuportável de ouvir. Acordei assustado e molhado de suor. Eram duas da manhã, uma garrafa de vodca estava vazia e largada no chão. A vitrola tinha parado de tocar o bolero de Osvaldo Farrés e o ar no quarto estava irrespirável. Fui até a sala, a janela estava aberta mais uma vez. Era uma noite fria e o vento gelado me fez bem.

Foi a primeira vez que sonhei com Nicole. Até ali, Vlad sempre chupava o sangue e quebrava o pescoço de desconhecidos. Dessa vez tinha sido com Nicole. Fiquei preocupado e liguei para a casa dela. Uma voz de homem atendeu: — Alô. — Quem tá falando? — Arnaldo, quer falar com quem? O veado já estava dormindo na casa de Nicole?! Em outra circunstância eu pediria desculpas e desligaria. Mas achei a presença daquele babaca na casa dela uma ofensa. Continuei, irritado: — Eu quero falar com a Nicole. Ela está? — Não, ela está trabalhando. Quer deixar recado? Não deixei recado. O babaca do Arnaldo dizia com a maior cara deslavada que Nicole não estava em casa às duas da madrugada porque estava trabalhando, o que, traduzindo, queria dizer: ela está dando para outro homem enquanto eu, o sujeito que está querendo casar com ela, está aqui, numa boa, esperando ela chegar do "trabalho". Nicole tinha razão: Arnaldo conseguia chegar num ponto onde eu jamais conseguiria.

Liguei para o celular dela, mas estava desligado. A falta de notícias me deixou numa angústia insuportável. Da mesma forma que Raskolnikov desconfiava de que tinha cometido seu hediondo crime por causa do teto baixo do minúsculo e miserável quarto onde morava, também achei que o que me angustiava era o fodido apartamento de Botafogo. Desci até a rua e decidi procurar Nicole.

Só no carro me dei conta da idiotice que queria fazer. Como achar uma prostituta, uma especial e em especial, na cidade do Rio de Janeiro? O único lugar onde poderia encontrá-la era o bar do Cabral e ainda assim seria pouco provável que estivesse lá. Seu futuro marido a esperava em casa, por que iria bater perna no asqueroso bar às duas da manhã? De qualquer maneira fui até lá.

Quando cheguei, o Cabral já cerrava as portas. Perguntei se ele tinha visto Nicole, mas a resposta do português ensebado foi negativa. Entrei de novo no carro e saí dirigindo sem destino. Quando dei por mim, estava ao lado do cemitério do Caju. Estacionei e entrei, meio sem saber o que pretendia. O dia ainda não tinha amanhecido e senti que alguma coisa me chamava para dentro do cemitério.

Assim que entrei, meus pensamentos clarearam. Os pesadelos estavam me deixando maluco porque pareciam reais. Se tivesse certeza de que eram apenas sonhos, talvez me sentisse melhor. E o jeito de descobrir a verdade era verificar se o corpo de Vlad ainda estava em seu caixão. Quem sabe assim os pesadelos poderiam parar e eu conseguisse dormir novamente. Do contrário, como um Van Helsing ensandecido, teria que matar Vlad mais uma vez, cortando fora sua cabeça e atravessando seu coração com uma estaca. Eu estava disposto a tudo para, uma segunda vez, sair daquele maldito fundo de poço.

Perguntei a um funcionário se seria possível abrir um caixão para ver se o corpo ainda estava dentro. O sujeito esbugalhou os olhos e ficou me olhando esquisito. Estiquei uma nota de cinquenta reais e ele respondeu que ia dar um jeito. Cinco minutos depois, voltou com um coveiro, que também achou muito estranho meu pedido. Estiquei outra nota de cinquenta e ele passou a achar tudo muito natural. Mandou que o seguisse rapidamente, para aproveitar o resto de escuridão:

— À noite todos os gatos são pardos — disse, tentando se fazer de engraçado.

Respondi que vampiros também são pardos. Ele não entendeu e também não perguntou nada de volta.

Chegamos à tumba onde Vlad estava enterrado e o coveiro começou o trabalho, retirando com dificuldade a pesada tampa de concreto. Ajudei-o, pois queria ver o caixão ainda à noite. Se Vlad fosse mesmo vampiro e meus sonhos realidade, ele ainda estaria vagando pela cidade, correndo atrás de mais uma vítima, e seu caixão vazio.

"Devo estar louco", pensei, enquanto abríamos a tumba. No início da investigação, ri de Nicole várias vezes por ela acreditar em vampiros. Agora estava eu, bêbado, às cinco horas de uma madrugada fria de inverno, dentro de um cemitério, procurando ansiosamente por um corpo que já deveria estar em avançado estado de putrefação.

Conseguimos abrir tumba e o coveiro começou a içar o caixão. Desparafusou-o e levantou a tampa. Estava vazio.

* * *

Eu não conseguia mais raciocinar. Ao chegar em casa, na volta do cemitério, voei para a cozinha e peguei um pequeno cutelo de carne que me pareceu de tamanho suficiente para arrancar fora a cabeça de Vlad. Com ele, transformei um cabo de uma vassoura velha numa estaca pontuda. Levei tudo para o quarto e coloquei embaixo do travesseiro, junto com a pistola. Voltei à sala, tranquei a janela e fui dormir. Eram quase oito horas da manhã quando consegui fechar os olhos.

Acordei às nove de mais um pesadelo. Dessa vez, Vlad entrava no meu quarto e ficava em pé, parado, assistindo meu sono com seu olhar insano. Quando acordei (no sonho), ele me disse para sossegar pois ainda não tinha chegado minha hora. Riu, virou as costas e foi até a sala. Eu o segui e vi quando abriu a janela e saiu voando e rindo. Sua gargalhada me acordou (de verdade) e corri até a sala. A janela, que eu tinha trancado antes de dormir, estava mais uma vez aberta.

Lembrei de Nicole. Precisava saber se ela estava bem. Liguei para seu celular, mas caiu na caixa postal mais uma vez. Peguei o carro e consegui alcançá-la na saída da faculdade. Estava linda, mas um pouco abatida. Ela se assustou ao me ver:

— Você está com uma cara horrível. O que aconteceu? Contei dos pesadelos e disse que tinha ido ver se estava tudo bem com ela, já que seu celular não atendia. Ela abriu a bolsa e pegou o aparelho, ligando-o a seguir:

— É, esqueci de ligar depois da aula.

Contei de minha visita ao cemitério do Caju e disse que o corpo de Vlad não estava no caixão. Ela esbugalhou os olhos e segurou seu crucifixo pendurado no pescoço:

— Ai meu Deus! Será que esse inferno não vai terminar nunca?

Perguntei se podíamos almoçar. Ela disse que sim, mas não tinha muito tempo. Precisava correr para o estágio. Entramos num restaurante antigo numa ruazinha de pedestres, perto da praça XV. Nicole estava preocupada:

— Você acha que o Vlad vai vir atrás da gente?

Eu não queria mais falar de Vlad. Ao ver os olhos doces de Nicole novamente e saber que ela estava bem, esqueci de tudo, só queria ficar perto dela. Mas era o animal do antigo Marcos Sacramento que estava no controle da situação. Irritado, ele foi direto ao assunto, sem nenhuma prévia:

— Como vai o seu caso com o Arnaldo?

Ela balançou os ombros e disse que ia bem.

— Se ele já tá dormindo na sua casa é porque tá indo muito bem, não é?

Nicole disse que Arnaldo já dormira em sua casa outras vezes. O antigo Marcos Sacramento foi direto:

— Você me esqueceu?

Nicole disse que ainda gostava de mim:

— Não vou te esquecer nunca.

— Então por que não voltamos? Não entendo!

Nicole fechou os olhos e suspirou fundo. Eu insisti:

— Você está se pegando no que aconteceu naquele maldito saguão de cinema. Foi a única vez que eu te reneguei, meu amor. Nunca mais vai acontecer. Se encontrarmos algum outro cliente seu, vou dizer que você é minha namorada e está largando a profissão. Se ele curtir com a nossa cara, amasso o nariz do filho da puta.

Nicole riu:

— Você está a fim de encarar essa barra por minha causa? Tem tantas mulheres por aí menos complicadas. Por que não procura outra?

— Porque a mulher que eu quero é você. Só você entende, gosta e respeita minha virgindade mundana.

Nicole deu um sorriso triste, baixou a cabeça e ficou maquinando alguma coisa. Depois me pediu um tempo para pensar.

— E o Vlad? — ela quis saber.

— Não tenho medo dele. Com você do meu lado, mando esse babaca de volta pra Transilvânia em dois tempos.

Nicole sorriu novamente:

— Me dá uma semana pra pensar?

— Você me procura daqui a sete dias?

— Sete dias.

Voltei para casa animado. À noite, porém, tive pesadelos horríveis, que misturavam o caixão vazio do cemitério, o coveiro, Nicole e Vlad. Mais uma noite em claro.

* * *

Uma semana são sete dias, cento e sessenta e oito horas, dez mil e oitenta minutos, seiscentos e quatro mil e oitocentos segundos. Foi assim aquela semana: seiscentos e quatro mil e oitocentos segundos de sofrimento, angústia, Vlad, vodca, cerveja e Osvaldo Farrés. Um lamacento fundo de poço como eu jamais vivera antes.

Leandro quis saber o que estava acontecendo comigo:

— Você tá com uma cara péssima. Não consegue escrever nada que preste há mais de duas semanas.

Contei dos sonhos, do caixão vazio de Vlad e de Nicole. Ele respondeu que entendia que eu estivesse sofrendo por causa de Nicole:

— Mas você não tá achando que o Vlad é vampiro mesmo, tá?

— Não durmo há mais de duas semanas. A essa altura, acho qualquer coisa.

Leandro mandou que eu esperasse e saiu. Uma hora depois apareceu com o coveiro que abrira a tumba de Vlad para mim.

— Conta — ordenou ao coitado.

O coveiro tinha um tom de desculpa na voz:

— Eu posso explicar o que aconteceu com o corpo do seu amigo.

— Ele não era meu amigo.

O coveiro não ligou para o meu comentário raivoso:

— Mas não pode espalhar — disse, olhando para mim e Leandro alternadamente.

— Claro, fica entre nós três — respondeu Leandro.

O coveiro continuou:

— Dentro do cemitério rola um tráfico de cadáveres. Pro pessoal das faculdades, sabe? Se o senhor quiser, eu posso ver com o chefão do negócio pra que faculdade o corpo do seu amigo foi mandado.

— Já disse que ele não era meu amigo, caralho — explodi.

— Tanto faz. Mas eu posso descobrir. Andando é que ele não podia sair de lá, né? — tentou fazer piada o idiota.

Leandro me encarou, sério:

— Quer que a gente descubra pra que faculdade o corpo dele foi?

Eu disse que não precisava. Leandro insistiu:

— É melhor. Assim você não vai ter mais desculpa pra se martirizar.

Repeti que não precisava:

— Vocês têm razão. O corpo dele deve ter ido pra alguma faculdade mesmo.

Leandro mandou o motorista do jornal levar o coveiro de volta. Achei curioso ele pensar que eu estava me martirizando sem motivo. Será que o babaca acha que eu gosto de ficar duas semanas sem dormir? Voltei para minha sala e tentei trabalhar um pouco. Não consegui.

Na hora do almoço, Roberto me ligou, chamando para um almoço. Coisa rara ele ligar com esse tipo de convite. Era sempre eu que convidava. Fiquei com a absoluta certeza de que Leandro é que pedira para ele me ligar. Eu disse que estava com o trabalho atrasado e não ia dar:

— Amanhã te ligo e a gente almoça.

Roberto concordou e perguntou se estava tudo bem. Eu disse que sim e desliguei. Talvez devesse ter aceito o convite. Mas eu já sabia tudo o que ele ia me dizer. E não estava a fim de ouvir de novo toda aquela chorumela de que eu estava inventando mais uma desculpa para meus fracassos, no caso, o fracasso amoroso com Nicole.

Comi um sanduíche na minha sala mesmo e consegui escrever alguns textos que prestavam. Voltei para casa um bagaço. Caí na cama e dormi. Às onze da noite acordei com outro pesadelo e não consegui dormir mais. Fui para a sala respirar o ar puro da noite. Foi aí que lembrei (ou talvez soubesse disso o dia todo) que o prazo pedido por Nicole tinha terminado. E ela não tinha me ligado.

Desci, comprei duas garrafas de vodca e amanheci mais uma vez bêbado ao som de *"Quizás, quizás, quizás"*.

* * *

Em vez de ir para a redação, peguei o carro e estacionei na rua do Catete, bem em frente ao hotel vagabundo onde matei Vlad e onde eu e Nicole quase perdemos a vida.

— Talvez tivesse sido melhor morrer aqui. Pelo menos estaríamos juntos agora — disse a mim mesmo, enquanto tentava trancar sem sucesso a porta do carro.

Não sei como consegui dirigir até o hotel. Tinha bebido duas garrafas de vodca e estava bêbado como um filho da puta de um gambá. A garoa fina que parecia que nunca iria parar caía de novo.

Havia outro rapaz na recepção do hotel vagabundo. Expliquei quem era e perguntei se podia voltar ao quarto do segundo andar:

— É pra uma matéria que estou escrevendo — menti.

O rapaz estranhou meu estado, mas me deu a chave mesmo assim. Subi ao segundo andar e entrei, trancando a porta. A péssima equipe de limpeza do hotel tinha tentado remover as enormes manchas de sangue do chão, mas não tivera muito bom resultado. Elas ainda maculavam o carpete velho, roto, cheio de ácaros e de gosto duvidoso. Abri a janela e fiquei olhando a rua do Catete lá embaixo.

Eu nasci no bairro do Catete. Aqui passei os piores anos de minha vida e aqui matei duas pessoas: um adolescente e um homem. O homem era um doente, um maluco desvairado, que teve a presunção de se achar imortal e pagou o preço da prepotência com a vida. Só num bairro como o Catete poderia acontecer uma coisa dessas. O Catete é a Transilvânia do Rio de Janeiro. Quanto ao adolescente, não consigo mais pensar nele. Dói demais. E eu cheguei ao fim da linha de minha dor.

Também é no Catete que mora o grande amor da minha vida, uma prostituta. No final de um dia desses, fui até a Machado de Assis e fiquei escondido assistindo Nicole voltar de seu estágio. Estava mais linda do que nunca metida num elegante tailleur azul marinho. Ao ver aquela mulher entrando na portaria do prédio, concordei com Roberto: Nicole não é puta; é a mulher mais imaculada dessa cidade fodida. E nunca foi puta. Foi, sim, uma criança ingênua e vingativa que sabia dar prazer aos homens com quem se deitava em troca de dinheiro, homens tão ou mais infantis que a criança que um dia decidiu se tornar prostituta apenas para se vingar do pai. E eu sou seu homem. Aquele que nunca pagou para fazer sexo com ela e nunca pagará, mantendo eternamente intacta a virgindade mundana que ela ama e respeita.

O tempo que me pediu expirou e ela não me procurou. Não consigo entender o dilema por que Nicole diz estar passando. Não há dúvidas de que ela tinha que me escolher. Esse Arnaldo pagou várias vezes para se deitar com ela. Não a merece, não é digno dela. Nenhum homem é digno da mulher a quem deu dinheiro em troca de sexo. Eu sou. Se Nicole tivesse me escolhido, eu seria eterna e finalmente feliz. Mas acho que não fui talhado para a felicidade. Quem nasce no bairro do Catete nunca é. Neste fundo de poço lamacento em que me encontro, viver sem Nicole é uma impossibilidade. Como a felicidade em minha vida.

Olhando a rua lá embaixo, entendi que o Catete é um bairro cansado. Eu também estou cansado. Da vida, das pessoas, do meu livro de contos eternamente inacabado, do novo e do velho Marcos Sacramento e, principalmente, desse maldito bairro que parece me perseguir. Na minha cintura descansa, carregada, a pistola que usei para tirar a vida de Vlad. Não sei o que vai acontecer agora que Nicole escolheu ficar com o babaca do Arnaldo. Talvez eu volte a ser o velho Marcos Sacramento, malhumorado e grosso, falando um palavrão a cada três palavras. Ou talvez resolva matar mais um homem, o terceiro em minha vida. E esse quarto de hotel parece o lugar perfeito para isso. Então, finalmente, acabarei com minha sina, essa eterna e maldita sina, de sempre, sempre retornar ao Catete.

Meu consolo é saber que não há cemitério no bairro.

* * *

Minha mente encharcada de insônia e álcool parecia um turbilhão. Meu peito queria explodir de angústia e dor. Toda minha fracassada vida me voltou em segundos. Meus pais, que preferiam João a mim, o Catete, onde infelizmente nasci, o colégio dos padres, meu irmão que morreu novo e cheio de vida, as frustrações de minha vida profissional, o Odilon, o jornal, Roberto, as palavras que eu tanto amava, Nicole, que agora devia estar se entregando ao Arnaldo... Por que juntar tanta infelicidade numa vida só?

Nunca reclamei de meus infortúnios. Acho até que me orgulhava deles. Mas Nicole mudou tudo. Foi uma gota d'água num copo abarrotado. Eu podia suportar tudo, menos o que ela estava fazendo comigo. Naquela manhã de garoa fina que parecia eterna, no mesmo quarto onde matara Vlad, não aguentei mais. Fui tomado por um choro convulsivo e as lágrimas jorraram aos borbotões. O carpete roto ficou empapado e até a mancha do sangue de Vlad embaçou.

Da mesma forma que começara, o choro estancou de repente, como se de um minuto para outro não houvesse mais nada por que chorar. Sentei na cama e tirei a pistola da cintura. Puxei o cão e apoiei o cano em minha orelha direita. Fechei os olhos, contei até três e apertei o gatilho. Tudo escureceu e não lembro de mais nada. Acho que ainda ouvi a voz de Vlad chamando meu nome, mas não tenho certeza. Depois, escuridão. Uma escuridão negra como eu nunca havia experimentado na vida. E um silêncio delicioso. Um silêncio delicioso.

* * *

Abri os olhos e a única coisa que vi foi o branco. Em cima, em baixo, dos lados, em todos os lados, tudo branco. Depois ouvi a voz de Nicole chamando meu nome baixinho:

— Marcos. Marcos. Sou eu, Nicole.

Senti que alguém segurava minha mão e reconheci o toque de Nicole. O branco em volta começou a ganhar contorno e foi escurecendo aos poucos. Eu estava num CTI e Nicole abriu um sorriso lindo ao ver que eu recobrava os sentidos. Seus olhos se encheram de lágrimas e ela me beijou. Me senti o mais feliz de todos os homens.

Não sei que merda tinha feito, mas o tiro não atingira nenhuma parte vital do cérebro. Ao saber de meu ato insano, Nicole largou tudo e correu para ficar a meu lado. Roberto contou que ela não tirou os pés do hospital nos cinco dias em que estive desacordado. Só saía para ir ao estágio e voltava direto para lá.

Conversamos um pouquinho e Nicole me deu um esporro:

— Suicídio?! Que ideia idiota! E à toa! Por nada!

— Não foi por nada. Você me trocou pelo Arnaldo.

— Eu tinha te pedido uma semana pra pensar, seu idiota ansioso! E você tenta se matar no quinto dia?!

— Quinto?! Eu jurava que já tinha passado uma semana.

— Além de bocó não sabe fazer conta — disse Nicole beijando minha boca — é com você que eu quero ficar, idiota.

Nicole estava certa, sou um idiota. Naqueles dias, enquanto ela pensava, eu vivi em porres homéricos. Não houve um só minuto de abstinência. Natural que errasse nas contas. Mas no final de tudo, acho que meu ato insano foi recompensado. Não fiquei com nenhuma sequela e fiz Nicole se resolver. Vamos nos casar.

* * *

Estou caminhando de mãos dadas com Nicole, uma advogada com futuro promissor na Carvalho & Castro Advogados Associados. Vamos em direção à creche onde em poucos minutos pegaremos nosso filho, Artur. Ele tem três anos e até agora parece simpatizar com a ideia de torcer pelo Botafogo. Ainda não sei que histórias vai me contar de seu dia, mas tenho certeza de que vou adorar ouvir todas. Além disso, não é tão ruim assim torcer pelo Botafogo.

A cena me remeteu ao sonho que tive um dia com uma mulher sem rosto. Agora estava claro: a mulher misteriosa era Nicole. Mas por que não consegui perceber isso na época? Há coisas que só se percebe com o coração e o meu andava blindado por aqueles tempos.

Moro longe do Catete. Eu, Nicole e Artur vivemos num pequeno apartamento na Gávea, mas acho que agora até gosto do bairro maldito. Estamos inclusive planejando levar o Artur ao Museu da República neste fim de semana. Mantive intacta minha virgindade mundana e tenho certeza de que a manterei assim até o fim de meus dias, que espero passar ao lado de Nicole, essa mulher maravilhosa, que foi responsável por tudo que de bom aconteceu em minha vida.

Deixei de acreditar em algumas coisas e passei a crer em outras. Não acredito mais, por exemplo, que seja possível ver a morte nos olhos de alguém. Nicole me fez ver isso. Mas creio naquele amor de que os escritores falam em seus livros. Agora sei exatamente do que se trata.

Ah, e também passei a acreditar em vampiros.

FIM

Esta obra foi composta em Minion 11/13,1.
Impressa com miolo em offset 75g e capa em cartão 250g,
por Createspace/ Amazon.